走

Green 和张早故事集

司屠 著

目　录

第一章　同行……………………………001

第二章　秋操……………………………024

第三章　新睛……………………………039

第四章　我感到你的痛苦………………060

第五章　但我不能追逐爱情……………085

第六章　顶峰积雪………………………139

第七章　《弦上箭》……………………169

第八章　在继续之中……………………198

第一章　同行

大概一刻钟前，自窗外传来一声两物相撞的沉闷巨响。又出车祸了，他想。当时，他正要起身小便，就先去阳台看了看。这次是两辆轿车撞在了一起，一辆由南往北行驶的红色两厢轿车的车头撞在了一辆由西向北转弯的银灰色三厢轿车副驾驶座后面一点的位置，在十字路口以北靠近他所在楼层这一边。上次，他记得相撞的是一辆轿车和一辆满载着蔬菜的平板三轮车（数种颜色的蔬菜倾翻在地）。这显然是一处事故多发地段，往回走时他想到。在过去的三个月里，在这一路口已经看到了四五次车祸。难道是因为医院就在旁边（肯定与没有设置红绿灯有关），这么一联想，他脸上多少有了点笑意。

小便后，他又来到窗口。刚才冷清的路口有了热闹的迹象，或者说已经热闹了。在两辆车子的旁边除了它们各自还在通电话的车主和来自那辆被撞轿车的着蓝白相间校服、深色运动长裤的女中学生外（第一次走到窗口看时她还端坐在副驾驶座里），多出了一二三、三个行人。就眼前的事故,在这些人之间还有着交流。其中一人弯着腰手指两车相撞的部位(应该是),在他旁边两条手臂环抱的那一位则频频点头。他们可能不认识,他们不认识的可能性要比认识大。在他们的外围——如果说出了事故的车子、车主以及女中学生是眼下这一场面的中心,这三位行人他们没有站成笔直的一排两两之间的距离也不相等但你能感觉得到存在于他们之间的那种内在的联系则构成了第二层次,这一层次有壮大的趋势:自东南角桥面上正一前一后快步走来两人——就在十字路口的正中间,停着一辆由西往东行驶的黑色轿车,一个男性的人头探出在全部摇下了的驾驶座的车窗外,正全神贯注于事故现场。而自马路的西面又开来了一辆红色的两厢轿车,慢慢地,当进入十字路口那一块还没有画上斑马线、无形的正方形时,它就更慢了,茶色车窗里的驾驶员向事故现场这一边侧着头,但她并没有让车子停下,它就这样缓缓经过了那一区域。

　　同样在驶、行途中停下来观看的还有路口西南首一个骑自行车的,以及,北首马路边上靠近绿化带的一个穿灰色夹克衫的行人,相较于那五个站在事故车边上的行人此人一直远远地看着;当后来警察到来,那辆马路中间停着的轿车和马路对面的自行车都已远去,此人还在那里;直到警察离去,五个行人也陆续散去,而他也自窗口离开——事故不严重,他走开时,事故车的车主和乘客钻进了各自的车子,他们也将离去——此人还站在那里。他还要看什么？

他这是第一次如此长时间地观看这样的情景，这是一个典型的情景，他觉得日后可以把它写进小说里去。

回到电脑桌前，他伸手去拿桌上的瓷杯，那里还有大半杯水，但是杯子已经凉了，它刚离开桌面就被他放了下。他碰了一下鼠标，又碰了一下——在他不在的这段时间，电脑的显示器已经变成了黑屏——等到屏幕终于缓缓亮起（这是一台用了多年早已用旧了的电脑，其部件没有得到过任何更新，保持着当年它刚买来时的原样，这一过程显然需要比那些新的电脑更多的时间），他凑近去看屏幕右下角显示的时间，16：41，离平常收工还有二十分钟的样子，但不想再利用这二十分钟了，保存了文档之后，他便关了电脑。

接下来要做的几乎已是一种固定不变的程序：把手机、钥匙之类放入背包，背上背包走到门旁，脱掉拖鞋，换上跑鞋，切掉电源（有时，在出门之前他会忘了把电源切掉，到了门外关门时他才想起来，他便把正要合上的门往里推去，与之同时一只脚踏入门内，伸出另一只手去把嵌在墙壁上的电源总开关勾下，在这之后有时他也会把外面的开关盒子合上——这么一来，第二天来到工作室，他就得先把它打开，然后再推上里面蓝色的电源总开关——开关盒子合上时会发出"嗒"的一声），带上门离开。不过，今天，在背上背包后，他特意去阳台看了看：刚才那个一直站在一面广告牌下的灰夹克男子现在也已经不在了，并且，十字路口的车子和行人都有序、平常地往来着，看不出那里有发生过交通事故的迹象，不过，如果下去仔细察看也许还是能看出来的，比如说，一些漆屑，或者，几个烟蒂。

穿过暗暗的走廊，他来到了同样暗暗的电梯间，只有电梯外呼面板上泛着一点红光。左右两只电梯一只在14楼，一只在1楼，它们都静静地停在那里，不曾上下。他觉得，这样的处境好像曾经有过，接下来的动作也是那样的熟稔（一个念头闪过：那仅仅是因为昨天前天以及之前的许多天他都面临过类似的情境）：在向下的指示钮上他按了一下。他看它们哪一只上来抑或下来。是14楼的那一只在往下而来，不过，当它到达13楼时，1楼的那一只开始上升。之后它们几乎以同样的速度行进着，当下来的那一只到了12楼，上来的那一只正好是2楼，然后是11、3，10、4，9、5，8、6——它继续向上，7、7，6——最终，是下来的那一只"叮"的一声停在了6楼，打开来，放出的光亮罩着他，里面没有人，他进去，在面板上按下"1"。

当他从底楼的门洞出来，置身于新村开阔的主干道也就置身于流动、清冽的空气，向西面小区的出入口走去时，犹如当头一击般感受到迎面的秋天黄昏的光线，这来自将要下山的太阳，他抬头找到它，在两幢多层之间，发出的亮光离圆心已很近犹如回光返照虽然仍然明亮但已不再刺目当然多看它一会还是受不了，在亮光的外围则是大片浓浓的黄色，越往外这黄色越淡以至于天空那种基本的灰色，当它们与地上的景物结合时那光那景物仿佛都在清水里浸过，具有了一种冷调，并且——应该与之有关，在这明澈、清冷的光线下，在路边的园子里，几个小孩子在大人们的看护下正奔跑嬉戏，发出孩子们特有的清亮、高亢的叫声，这些，已不止一次让他产生一种感觉——很难用语言将它表达清楚，他为之努力过——大致说来，就是那与他童年时或者远古以来乡村缭绕的炊烟和在随后将到来的已延至现代、城市的万家灯火有关，是一种与家、回家相关的普遍感觉，人们身处这样的境地（黄昏那一刻的光线、嬉戏的小孩，至于两边是水泥楼房还是木房泥地则无关紧要，也许小孩也不重要，有没有人都不是问题，重要的是光线，光线是必需的），就会被唤起，这种感觉一定是数千年数万年前已经生成了的，人类带着它犹如人类的繁衍生息，以这样的一种方式，它联系着过去和将来：人们过去感受过它，人们将来也会感受到它。

（这还可以说是一份礼物、一种肯定，来自大自然的赠予，接收视一个人忘我工作的程度而定，大自然以它不动声色的隽永向专注工作了一个下午的人传达了这样的一种确认：你可以回家了，这一天你没有白过。）

这时，他就快走到小区出入口的范围，他看到小区外正对着小区出入口的一截马路——两边的楼墙形成了一个取景框，并没有公交车出现在那里（经过这里的只有一班公交车，即他要乘坐的那一班）。他不由得感到了一丝揪心，不由得加快了脚步,同时,在心里笑自己每次都这样。随后,随着他由北往南通过一小段直路走到小区门口目光也就能越过先前东侧楼墙构成的障碍看到小区外整个的情形了,他首先注意的是就在小区外右首一点的公交站牌的附近,如果有一辆公交车就将到达站点或者正停下在站点,他肯定会跑向它,让它载上他,这不同于先前当他即将来到小区出入口时看到它——他曾经历过一两次这样的情形,他没有跑上前去同时扬手叫喊着"停一下,停一下",这不仅由于这是徒劳,就算司机注意到了你,车子应也不会停:小区出入口离马路大概还有七八米的距离,再加上他离出入口也还有一两米,得碰上多好心的一个司机它才会停;并且,其时,仿佛那车子正阴险地等待你流露你的期望,它就好扬长而去,从而得到一个羞辱你的机会,车上的乘客和路人则将见证这一羞辱——出于相关的这种自尊,他不会贸然行动,他甚至会表现出一副无动于衷的模样,好像他根本就不是出来坐公交车的。像大多数日子里一样,今天,公交车也还没有在那里出现,他随即将视线投向了马路的更东面,直到十字路口也没有它,这一眼即明,随之他就放慢了脚步,前一步还是快步,依然处在之前的那种节奏流中,后一步却明显地慢了下来,慢得突然,慢得有那么一点戏剧性,真可谓是心到脚到。

至此,他就可以悠闲地向公交站点走去了……在站点广告牌后面的草地上他坐下来,目光很难说有规律可循地游移在以下事物上(之后多少还是有所侧重——停留的时间长短作为其标志，可也不能一概而论，有时候，这不过是假象，他持续地看着某物，其实他并没有看着它，其实是他正在思索着什么，目光无非正好落在了那个方向那个位置）：草地、阳光、站牌与他之间的地面上的几只蚂蚁的忙碌、居民楼、脚尖、虚无、马路上往来的车辆、偶尔从这边或那边走来走过他身前的几个行人，等等，唯一带有目的性的就是不时地他会看看十字路口那边，看那里是否有公交车出现。有那么一会，在一阵似有若无的女性香水气味导引下，他对广告牌下一个正在等车的女人的两只着黑色高跟鞋的脚（其上带着两只灰色的长筒丝袜的一截，在这些上面的部分被广告牌遮住了）发生了兴趣。这两脚或者说是两鞋中的一只一会前一会后一会左一会右，另一只则跟着这一只转来转去，也许相反，是这一只跟着另一只，这说不清楚。一次，其中右脚的那一只被提起来用后跟在左腿的小腿上挠着，那里肯定是痒了，随后，这只脚放下来，其鞋尖点了好几下地面，透露出一种搞定了一桩事情之后的放松、惬意……就这样，在广告牌下方的地面上直径不超过一米的范围内，犹如在跳一种复杂、细碎的舞蹈，这两脚制造出了种种花样，伴随着这一运动的是一个女人的说话声，她在用手机或者是小灵通和人通话，不时地笑上两声（显然是一次愉快的通话），偶尔无声（不禁令他竖耳），语速属于快的那种，这样的语速和她两脚频繁的动作倒是合拍，但因此很难听清楚她在说些什么，而他也没有在听她说话，他的注意力主要是在她的脚的这种无意识的运动上（她肯定不知道后面有人，肯定也没有意识到她的两脚的动作如此之多，它们是无意识的），只是偶尔，某句话印入了他的脑海，"我为什么要拒绝邬颖颖"，是后来，他发觉他正想着这句话并且在嘴里默念着为的是弄清楚它，他明确地继续着这一思路继续念叨着，"我为什么要拒绝邬颖颖"，"我为什么要拒绝邬颖颖"，这里面有两层意思，并且是相反的意思，一种是说我没有理由拒绝邬颖颖、我不会拒绝邬颖颖，另一种是我已经拒绝了邬颖颖，因为……下面的话就该是原因了。但这句话稍纵即逝，此刻他已经想不起来她说它时的口气以及上下文，第一种的可能性似乎更大一些，但也不是没有可能是另外那一种。

一阵刺耳的汽车紧急刹车声响起，一辆杏黄色的出租车自马路中间来了一个大角度的内切停下在广告牌前，那两脚向车子走去了，车门打开来，它们没入车子，在这期间通话在继续，"嘭"的一声车门关上了，说话声也听不到了，他把视线转向广告牌的西面，出租车自那里露出头来，透过副驾驶座黑乎乎的车窗看到一个女的，她的手机还在她耳边（显然还在通话），而后车子飞快地开向前去了。

自从新建的第一医院开业以来，往来于这一带道路上的车辆明显多了许多（这一带属于一个近几年才开发的"新城"，许多小区尚在建中，已经建成的入住的居民也还不多，真正要热闹起来还需要几年的时间）。不仅他面前东西走向作为城市主要道路这一条上的车子要比以前多了，南北走向的那一条也多也正是因此造成了那一十字路口的多起交通事故。这跟医院的开业肯定是有关系的。两个星期前的一个中午，当他照例从他家楼下的公交站点上车来工作室时，（此前一个星期，他去了一趟外地），他发觉一向冷冷清清有时在好几个站点内都只有一两个乘客的车子里热闹了不少，不仅人多了原来有很多空位但那次他却必须走去最后高高在上的那一排，车载电视的声音好像也开得响了确实是响了，车里也比以往要热（不关天气的原因）。他注意到有一些老人，当时他就想是不是医院已经开业了。他下的下一站就是医院站，果然，那些老人直到他下都还没下；沿途还陆续有人上来，其中多数要么是老人（那天大概是这个城市里的离退休老头老太们例行体检的日子），要么就很像病人。同样的情形，如今，他每次从工作室回家，车上总是满满的，虽说回去时的乘客一向是要比来时多（这与时间段有关，他每次回家差不多已是下班时间，而去工作室则是在中午休息时间），未免也多得太多了，无疑有一部分是前一站上车的病人或者是与病人有关的人：病人的家属、来探望病人的人、陪护、医生，等等。

　　十字路口离站点还有大概三四十米，距离的关系，当有公交车出现在那里时，他看不清楚是哪一班，一开始他以为来到那里的只有他要乘坐的这一班，（没有红绿灯，车子会很快冲过路口，向站点扑来），于是他赶紧站起来，向广告牌前走去，随后发觉那车子跳起左侧的黄灯向马路南面开去了，原来这是另一班公交车。从那以后，他就不再急着站起，他要等着看它是转弯呢还是直行再来决定他的下一步行动……它直行而来，他便站起来，习惯性地掸掸屁股部位，来到站牌下。自从打电话的妇女走后就没有人再来等车，在这一站一向等车的就他一人。这是一辆绿白相间的公交车，但此刻他不能确定是不是所有这一班公交车都是这种样子，如果是，下次远远地看一下颜色就可知道是不是他要乘坐的那一辆了。他招招手，车子停下在他面前，今天车上人不算多，而目光投向车内的一瞥仅仅满足于得到一个人数的多寡包括后面仍有位置的判断，它是粗略的、不涉及具体的任何人、当即被收回，就这样他目光内敛地通过了车子中间的过道，在后面一人一座的位置上坐了下来（他总愿意坐在后面即下车的车门再过去那一块的位置）。

　　车子才启动又停了下来，车门也打开来。一个男的正从新村的出入口跑向车子，他刚才肯定还喊了也扬了手只是他没有看到，现在此人看着车子跑着（仿佛他一不留神，车子就会舍他而去，又仿佛他仍不能确定车子会等着他，一旦车子向前开去，他就好及时让自己停下来），越跑越近，当跑过三分之二的路程，他的跑姿起了变化，在这之前他显然很投入，一心要赶上公车，"如果我稍有犹豫，或许它就会开走"，而后，当他意识到车子肯定等着他肯定不会舍他而去，并且，仿佛随着他与车子之间的距离的缩短,就算它开动、他也能通过一阵快跑赶上它——他就不用再对它那么迁就了,于是他就变得松垮了,这种松垮尤其体现于他的脚步和手势(身体的前倾也不那么明显了),步率慢了下来就不用说了,随着这慢,两脚还向两边分得更开了一点(就像是在滑步),两手呢,则像是向前扒拉着什么东西,显得有些滑稽,而本来它们是很紧张的,这样的动作的变化透露了他内心的变化,还传递出一种对于他刚才的着急的自我解嘲,好像他觉得他刚才迫不及待有失面子——最末几步他就更慢了,他毫无必要地拉了一下外套上的拉链,一把攀住车子,上了车,车子随即就又启动了,靠着车子的挡杆他稳住了身子,在裤袋里摸索着,而后掏硬币出来放入了投币箱。

  车上虽然还空着三只座位,但都是外面坐了人的两座一排中里面靠窗的那一只,这人向后面走来,经过他,在最后面高高在上的那一排落了座。在那一排里就在他的身后坐着两个小学生,他们一直在说话,从他上车后就没有停过。

  是一张十块的,我一脚把它踏住,弯下腰好像是要去系鞋带,就把它拿在了手里。

  我也捡到过的,我直接就捡了起来。

  他注意到坐在他旁边(隔着过道)两座一排外边座位上的男的回头看了两个小学生一眼。这男的也听到了他们的对话。随后,这人对坐在里边位置上的女的说,你小时候捡到过钱吗?话说得轻声,但还是被他听到了。他不由地侧耳听着。女的好像说没有，男的说他捡到过的，捡的方式就和后面一个小学生讲得一模一样。女的顺着男的示意也回头去看小学生。而那俩小学生正讲得起劲，对于别人的注目全不在意。

这男的和女的不知道是什么关系。这里面有着许多的不确定，吸引人一探究竟。他们的衣着相仿，都穿着卫衣，女的看上去还不大穿这种衣服倒也平常，可是，那男的应该有三十七八了还穿成这样在小县城里就不太常见，他们说的是本地的方言，也许他们是刚从外地回来的（男的像他一样带着个背包，在这个县城里只有学生和出门旅行的人才背这样的包）：他们在这里出生，度过了他们的青少年时期，高中毕业后去外面读大学，大学毕业后留在了就读的城市里或者又去了别的外面，如今一起因为什么事情回到了家乡——确实，他们不像是生活在本地的，是不是生活在本地这不难看出来（气质、观念、行为处事方式之类仿佛流行性感冒在一时一地的人之间传染了开来），就说那女孩吧，本地鲜有这样青春靓丽的，在这一年龄段大概二十八九岁的本地女孩身上你可以感受到"庸脂俗粉"（这一类女的往往被她所在圈子里的人视为"长得漂亮"）、"小家碧玉"之类字眼，但是"青春"没有。不是说没有过，但她们的"青春"只短暂地存在于她们的青春期（如果在那时不能看出那些漂亮的女学生日后会发展成为"庸脂俗粉"，只是因为那时她们正身处青春期，这样一种"漂亮"唯有和"青春"结合在一起时，才多多少少具备"美"），而当青春期过去，诸如此类的品质就被身上那些更能与生活达成共谋的因素取而代之了,也是她们本性的自然进程,或是娴静温顺,或是庸脂俗粉,或是粗鄙,等等。

然而,就他们那种借由不多的肢体动作和眼神所表现出来的亲昵程度,他们只可能是一对情侣,但这是一对什么样的情侣呢?他们的年龄相差十岁上下,不可能是同学无论是在本地还是外地,那么,就是在外面认识、恋爱的同乡了(比如说,男的是女的的大学老师),这很巧,却也不无可能,可问题是,当公车到达一站,有人上车,他发现这两人当即分开了先前握在一起、搁在女的右大腿上的手,女的别头看着窗外,男的则不仅是看着而是紧盯着上车的那两个人(联系男的后来的举动,他这似乎是在审察上车的乘客会不会认识他们——如果认识他们或是认识他们中的一个,他们现在这样子就能给予来者一种他们的关系并不亲密无非是恰巧遇见坐在了一起或是并不认识的感觉。这使他想起刚才就有的一丝疑惑,刚才它不明确,现在他清楚是怎么一回事了,他觉得他们似乎压抑着他们的激情,他们亲昵的尺度理应再大一点,更随便一点),又到了一站也是这样,大概是上车的人并不认识,这男的便伸过手去握住了那女的的手,两人相视一笑,仿佛在玩什么游戏,禁忌一经解除,他们的亲昵就又恢复了。但显然还是没有充分亲昵。这是为什么呢?仿佛从窗外可以获得这问题的答案,他把视线移向了窗外(他这一边的)。

沿途是一片秋天的田野，落日正进一步收敛着它的光芒，接着一块打上了围墙的地块（在不远的将来，那里会被开发成居民小区），墙内杂草丛生……二十几年前，当他还是个小孩时，他经常听村里的大人们说他比他弟弟笨，事事都不及他弟弟，就连嘴巴也不如他弟弟甜，他弟弟见人就喊叔叔、伯伯，喊得又很响亮，而他呢从不睬人，总是不声不响——这是在回忆中基调清冷而不是愉快、温馨也不是局促、奔忙虽然有过那样的时候的童年（当他想到他的"童年"，那总是会在他的脑海中出现在冬天或许是初春的早上一片清冷的光影中他一个人走在路上的一幕，这就是他童年的基本形象了）时期比较困扰他的一个事，有好几年里，差不多是整个小学期间，他都很记恨人们这样说（不是特定的某个人，这是因为很多人都这么说，就算没有说出来，私下里肯定也是这么认为的），现在他回想起这些事情，当年那种对人们的愤愤不满以及对于弟弟的不服气自然都早已烟消云散，这是毋庸置疑的，然而有时，当他听到有人当着他的面称赞他弟弟时（这个人在他的小时候可能说过他的坏话，这人肯定已经不记得了），他有一种奇怪的感觉，似乎他应该嫉妒他弟弟，似乎他高兴或是平静地听着人们这样说到他的弟弟其实是故作姿态。

田野向西不断伸展，有时出现一片未经规划颜色和高度没有统一无疑杂乱但由于长久以来早已看惯也就顺眼的民房，在那之上，则始终是一片灰色的虚空，其中除了落日以及出现了一次的升腾的工业黑烟外别无他物。落日一路跟随，它照在田野上和照在房屋上给人的感觉并不一样，当它照着田野时，人的视野开阔，一览无遗，心绪仿佛欲意充满这广阔的空间，便漫无边际，不过，如果，房屋是在田野的中间或远处，那仿佛房屋是田野的一部分，而当房屋是在马路的边上，它便攫住了人的视线，使视线不能逾越其获得开放，它和落日的组合比之于落日和田野的组合更具现实感，如果说后者有一种引人遐想、沉思的深远苍茫古老历史的意境，那么前者明确地向你指出你所处的现实，它粗粝、逼仄，不容回避。但这或许只是观看者的心境的偶然反馈。

　　一面巨大的广告牌挡住了他的视线，或者说是落入了他的视野，广告牌的开头（从这边看过去是开头，从另一边看过来那就是尾端了）部分是一幅画，画上一个着黑色风衣戴黑色帽子的外国男子站在一座雾中的庄园外（面朝着门，看不到他的面部），离庄园那扇富于异国情调的门大概有三四米的距离，在他的脚下铺展一片规整的大理石路面，两旁是葱郁的树木，整个画面以灰褐色为主，看不到门后的庄园（那里几乎就是一团白色，或许就没有庄园）。这幅画吸引了他的注意，他预感到以后肯定还会不止一次注意到它（这是他第一次看到它，中午他乘公交车过来时它们还没有竖起来）：一张大尺寸的画（也许是一张放大了的照片）本就有着它吸引人之处；且，十米外是一个十字路口（这一路口装有红绿灯，广告牌一直延伸到路口),如果红灯亮着,车子开到这里一般就会慢下来;最为重要的是,它给人一种深切的印象联系着一种反差,房地产公司欲意借此表现尊贵、典雅(旁边的广告语就是这么说的),但它给人的感觉却是萧索、落寞,仿佛一个人在多年后回到了他以前生活过的地方,却已不知道该如何面对。

车子停了下来。故园、故乡、家园这样的词以及这样的表达所能引发的联想显然已经过时了。它们曾经一直是一种准确的指涉,有效地寄寓了写下它的人的真实境况,但是转眼间——对于它们漫长的以至于仿佛将趣味永葆的势力跨度而言确实是转眼间——仿佛一个流氓有一天突然发现他的那一套已经行不通了没有人再会来买他的账了这些词就这样失去了它们赖以生根开花的现实土壤已是明日黄花,但除了那种已再无创造性可言的反动使用以外,常常我们还会很顺便地用到它们毕竟它们由来已久,招之即来,其影响不可小觑,应该为之努力的是找到适合这个时代情境的新的表达方式并将它们融入整体。这不是新瓶装旧酒,这将产生新酒。可是他一直都没有学会喝酒,他显然不是喝酒的料。他喝得最多的一次是半瓶红酒,当时他浑身燥热,头胀欲裂,很想干脆把它吐掉。他听人说起过去风里吹一吹就能吐,就走到酒店外的寒风中,但一时还是吐不出来,后来当他回到空荡的前厅时他这才大吐特吐了一番。在这之前他从没呕吐过,那几乎就是一种要死了的新鲜感受,污秽物漫过咽喉时令他透不过气来,迫使他跪在了地上,整个上半身几乎就贴着地面,当然,吐完就轻松多了,只是面色苍白,在卫生间的镜子上他异常清醒地看了看自己,而头部仍然胀痛。这就是他第一次呕吐的经历,但那次他并没有醉,如果醉是指失去了对意识的控制、人事不省的话。他从没醉过。一个根本不会喝酒的人是不会醉的,喝到一定程度他就会喝不下去不喝或者吐掉。别人的情况他不清楚,他就是这样,也就这么认为。

那次喝了那么多的酒是和山东的念东、宗湘若他们一起,很高兴,也想试试自己到底能喝下多少,但从那回之后他就没有喝那么多过,也没再吐过,今天如果让他喝他想他无论如何也喝不了半瓶,一杯就足以让他难受得不行,只是奇妙的是有时他却很想喝点酒来着,这对于……他注意到那对男女又松开了握在一起的手,各自正襟危坐着。

在公交车上他碰到过熟人。这很平常,县城并不大,而你又生于斯长于斯,这么些年下来,难免认识了一些人——在他眼下乘坐的这班公交车上(他很少乘坐其他班次),他碰到过一个初中老师、一个以前单位的同事,这对于一个不会喝酒的人来说确实是蛮奇妙的,还有一个是远房亲戚,这些都是久违的熟人,碰到他们是很尴尬的事情,往往三言两语过后,便已无话可说,可彼此显然都不好意思就此形同陌路,于是,都在搜肠刮肚寻找救急的话题,这和在电梯里类似,电梯里更甚,在电梯里,有时,在短暂的沉默过后,你们同时发出声来,你便住了口等着对方说,而对方却在等着你说,又是一阵短暂的沉默,对方先开口了,但是在对此做出你的回答后,你们便又陷入无话可说的难堪境地(大概对方在等着你说,他没有想到你刚才要问的是同一个问题),你越是想想出些什么,越是什么都想不出来,脑子里一团乱麻一片空白,只好痴呆病人般的盯着呼叫面板,仿佛在你和他之间形成了一个深渊,你便目光下垂屏住一口气索性任由自己不断地坠落、坠落,而在那种时候电梯总是开得特别慢,令你又恨不得大喊一声。

久违的熟人他们联系着你从前的生活,其中的每一个都和你从前的一段生活有关,但他们连同你从前的生活都已经过去了,仿佛他们是你从前生活这本书上的插图,既然你已将这本书失落,他们当然也不会再被你遇见,如今,他们天外来客般莫名其妙地出现令人不知所措,而他们的出现也召唤着你的过去,当他们下车后有时在他们还在车上时,你便开始回想起那段段过去,你以为你都已经忘了那些事了。

当你回想过去,其中那些荒唐的事情会令你感到不安,不愿相信你曾做过那样的事情,要换成是现在你肯定不会那样,不知道那些当事人又是怎么看待你的,大概在他们的眼里你就是做出了那种事情的你,多么糟糕,你深感羞愧,紧皱了眉头,要是没有发生过那样的事该多好啊。

车子此刻又由东往西开着,太阳则落到了南边,在一片平房之上,已完全地收回了它那刺目的亮光,单单呈现为一颗红黄色的圆球——你可以一直看着它就像是看着一幅画，它确实很像一幅画。但关于别人你也许是想多了，在你现在看来觉得荒唐的事情在别人的眼里或许是非常正常的就像在当时你也不觉得荒唐一样，但无论如何你不能因为他们不介意、无视而容忍自己做下这种事情。不过，还是有一些淡淡的黄色区别于灰色渲染在它的周围，但是灰色已经将它们重重包围，它们正从四面八方一点点地挤压着这些黄光逼使它们回入圆球，当第二天清晨时分，它们又会被初升的太阳不绝如缕地放出来犹如石子落入水中排开水面那样排开灰色。可问题还不仅如此，你想起过去有许多的羞愧，那么很有可能日后你想到现在也还是会感到羞愧，你凭什么来保证日后不会再有这样的感受。

西北边，一片灰茫森然中几幢高楼矗立，那里就是城区，更远处，在城市之外，灰青色的山峰有着柔和起伏的线条，（这个城市四面环山，但从他现在的位置他只能看到西北以及南边的部分山峰），自从有一次他觉得它们是一些不动声色的观察者之后每次看到它们他都会这样想到：它们是一些不动声色的观察者，几十几百年来一直都在那里，看着城市和人们在其中的变迁，不为所动，也不干涉——如果有人有幸从人的生活中抽离将目光落在它们身上从中获得了平静汲取了力量，那仿佛也与它们无关，它们只是在那里，在眼下这样的傍晚时分，永远呈现一种朦胧的色调。

而在那些荒唐的事情之间还有着它们隐秘、真实的联系，不仅它们都是你做下的，它们还是那么的类似，无疑是同样的过错出现在你成长的不同阶段，只不过它们会改头换面，在不同的境况下有不同的体现，而究其实质还是一回事，即是说，在你的一生中，你一而再犯下的是类似的过错，碰到类似的困扰，经受类似的遭遇，类似的事情在你身上一再地上演，所谓重蹈覆辙。

车子又停下在了红绿灯前。位于它前面的是一辆车型一目了然的黑色的桑塔纳2000。桑塔纳停得比较靠后，与斑马线之间有着大半个车位的间距。在马路对过的斑马线上，两个由北往南的行人和一个由南往北着藏青色工装的行人正慢慢接近，汇合在一长排以一辆黑色的汽车为首的停靠的车队前，交叉而过，走在了对方刚才经过的地方，但此刻是反方向的，背对着对方，就像刚才的逐渐接近从此他们逐渐拉开，彼此之间的距离越来越大，就在他们都快要走完斑马线时，绿灯跳起，但是桑塔纳却迟迟没有做出反应，在公交司机终于按捺不住狠狠敲了两下喇叭后它这才如梦初醒蹿了出去，仿佛为了消除人们可能认为它的驾驶者车技很差的怀疑，它飞快地通过了中空地带，插入了前面由北往西右转弯的车辆组成的车流，使得一辆本已占了先机的车子不得不刹车以便让它先行。（不过如果桑塔纳刚才及时反应，或许还是桑塔纳在前面）。但从这时起，它就开不快了（但已经通过这样一个蛮横的插入证明了驾驶它的人并不是新手、无能之辈，当然，如果路况允许，它很有可能会扬长而去,以便向那些怀疑的人们表达出它的不屑,但也或许一种懊恼、失望随之弥漫开来,针对的自然是自己,他不是什么无能之辈不需要向这些人证明自己但情急之下他却这么做了这说明他骨子里还是不够自信还是很介意人们对他持有的态度,而一个真正的行家是不会这样的,他会坦然面对人们的质疑并不试图纠正把一切交给时间让时间去说明一切甚至于完全,而他以前却一直以为他已是那样的高手,但事实是想得到并不代表就已做得到)……但从这时起,它就开不快了。从这里就进入了城区,车流顿时密集(不是没有预兆,刚才由东往西行驶时一路上的车辆明显比过前一个红绿灯后由北往南开时多),各种颜色的车辆线条则大同小异一眼望不到头。喇叭声此起彼伏、响成一片,虽然按规定在城区里是不能鸣喇叭的。这时他发现这些车辆中的一些已经打开了大灯,车灯光在街上已悄无声息地亮成一片。这指引出确实已经暗下来了的天色。不少马路两旁的商店、居民住宅的灯也都已经开了。黄光、红光温暖,白光也不显得冷清,它们和夜色形成对照又相互呼应渗透,为刚刚到来的夜晚定出调子。他想着怎样把它们写进他的下一个小说里去,(他已经有些迫不及待了但这不会影响甚至反而使他能够更加冷静地处理现在正在写的这个小说的结尾部分),在那他还要写下:在夜色中,人们都有一副行色匆匆的样子,包括人在驾驶着的车辆——它们沾染上了驾驶它们的人的心情,包括树木,包括房屋;以及,如果是在阴冷的雨天,你高高在上地坐在公交车里，公交车里开了灯，你紧抱了双臂，感觉着冷，又由于身处车子里而觉得暖和，随着公交车的穿街过巷，黄的白的红的绿的光形成的光带在蒙有雾气的车窗两旁一路流淌；又，后来，等他回到家中，喝刚沏的一杯热茶时，杯中的热气蒙住了他的镜片，他把杯子放下，取下眼镜在衣服上擦拭着……

  他希望那会是一个不同的小说，希望以此作为一个新的起点，但实际上他很清楚不存在什么新的起点，新的起点之类只是便宜的说法，所有的一切都是一脉相承的，它不会不同到哪里去：那些根本性的东西不会改变，它们已经在你身上扎根，如果是优点，它们随时迸发仿佛不请自来，如果是缺陷，你没法将它们抹去但大概可以掩饰而这是不诚实的，是大忌，如同他曾经遭遇不幸，装出无所谓、试图抛诸脑后和向人大倒苦水一样不可取，唯有注视着它们，品味这其中苦涩以及这只能注视着它们的苦涩。而就像你难以保证日后想到现在不会再感到羞愧那样，你能够保证的是你对于自己的警觉，你能够保证这样的一种清醒。如今你所能做的是就这样写下去，这不会是没有结果的——这结果由自己来定，由自己的一颗清醒的心来定——就像车辆缓慢地前行，到了一站它会停下来直至终站，也正是因此，肯定它也会有所不同，他相信，过了某一个点，加速度就会产生，就像是在一个好的小说里那样，也许现在他就已经处在这样一种状态了，不过，确定这一点对他来说并不要紧,他懂得有这回事就行了。

在下一站,他下了车。走了两步,他回头看看,目光找到车上的那对男女,随着公交车慢慢地开向前去,他们也慢慢移过他的视线。他转过身来,同时迈出脚步,进入人流。

第二章　秋操

再一次，他觉得以往的经历似乎根本无助于他开始下一次。每一次都像是第一次。已经有很长时间他没写东西了。刚开始时是因为刚写完一个，需要缓冲，就像是在剧烈运动过后需要一阵休息。此后发觉暂时没什么可写的，写上一个时想到的一个在那些日子里被否定，但那时对出现这种情况并不着急，那时，生活中正有事情需要他去奔波操心，他就不是个能够一心二用的人，如果手头有什么事情他总会想着这个事，想赶紧把它解决了，（也是为了好全身心回到写作上吧）。可是，等到那些个事情一过去，他空了下来，开始感觉自己是在虚度光阴因而很想马上投入工作时，却发觉什么也写不出来，这时候他就不能不焦虑了，虽然内心里也有一个声音在安慰他，说这就是一个规律，上次也是这样，以前都是这样，灵感自会到来，灵感自有它不可度测非他所能左右的周期，只是，这次的间隔也太久了点，从没这么长时间没写过，都快半年过去了——他长时间地面对着电脑上的一片白屏，明明清楚自己写不出来，还是坐下在了电脑前，打开了电脑，打开 Word；有时也看看以前写下的那些，以为换成是现在无论如何也写不出来了，那样的事情可能根本就不会想到要去写。他庆幸自己把它们写了下来，似乎那完全是个偶然。

当我们说"似乎、好像、像"时，那不过是"似乎、好像、像"而已，而不是就是，以上面那一句子为例，他认为"似乎那完全是个偶然"，那就并不完全是个偶然，仅仅是似乎完全是个偶然，即是说其实他还是更相信内心的那一声音，相信自己应该是处在灵感的正常周期之中，而不是创造力在衰退或已丧失。他还这么认为，灵感越迟到来（压抑越久），爆发时的力度也就更猛烈，意味着下一次他能走得更远。其实他应该耐心更耐心，虽然他也不能不担心。

"再一次，他觉得以往的经历似乎根本无助于他开始下一次。每一次都像是第一次。"同样的道理，这里加了"似乎"、"像"，也是因为他还是认为经验、量的积累对质会有提升。而越来越长的灵感周期或许正是提升的前提，一个征兆。

后来，他就把电脑关了，坐公交车回了家。像前一天一样，这一天的工作状态主要就是围绕着一片白屏，当然，还有其他的一些形式。

这一状况也已持续有半个月，但他每天还是会去一趟工作室，仿佛对于灵感的到来而言这样一种等待坚持是必不可少的。

终于有一天，在一片白屏上出现了几个字，从此他就对着那几个字，那是一个题目（以往他总是先想出题目再接着写——这好像是个好兆头），但要等到又一个多星期后他才会把作为正文的第一句写上去，并且，那个时候，题目也已换过，在那期间题目换了好几个，题目的每一次更换几乎都可以作为出现了不同构思之表征。

　　第一个句子其实早在他写下头一个题目前就已想到，当这一句子来到时，他为之欣喜，他清楚这是一个有效的句子，而正是由于欣喜随后他就把它放在了一边。一个饥饿的人在野地里发现一根鲜活的瓜藤，在让人心跳加速的一闪念过后，他也会那样，克制住扑上前去的冲动，仿佛没有看到，将目光移向了别处，往那里寻找着；或者，当他沿着瓜藤开出一条路来，在此过程中，忐忑不安与期望此起彼伏，到底有没有瓜啊？由于位置的隐蔽，瓜藤又在继续鲜活地伸展，这又给他提供着期望（他不能不期望，不能不抓住这期望），有时候，这期望过分高涨，变得难以承受，以及，由于抵达了其边界（那边就是失望了，想想这失望，他也难以承受这失望），那时，他也会丢开藤，去附近转转。

　　接着，他继续向前探索，眼看野地就要到达它的尽头，他停下了脚步，回头看着走过的路，仿佛只有经过了这样的回望他才能下定决心，去拨开最后一丛阻碍视野的草，使事实揭晓在他面前。

他看着那瓜，让人流泪的果实，仿佛为他生长，等候多时。此刻他也不急于吃它，围绕着它他把四周的草踏踏平。这一切他做得细致从容，几近造作。他是在聚敛特定的情绪，为这一吃的最终实现准备相应的环境。

同样地，自从这一句子出现后，它就没离开过他。出现在他不同构思的间隙，时不时地让他琢磨着它；有时似乎已被忘记，很快却又冒现。而那些构思更像是作为一个过渡，免不了被一一抛弃的下场。到了那时，与那句子相关的一切强有力地攫住了他，他的整个心思围绕着它展开了活动。但他也没有急于去写，总觉得时机还不够成熟，有待继续孕育，或者说，这种说法可能更加确切，灵感还没有降临，但这是不是由于懒惰而一拖再拖呢，他也不确定。

这样又过了一阵，有一天，在他的工作室里，当他拖完地板正洗手时，突然，他想写了，感到他可以写了，（那么，这就是一个灵感降临的时刻），他擦干手，坐到桌子前，今天，电脑还没有打开，他把电脑打开，把这一已经反复掂量了又掂量的句子明确无误地写下来。

现在好办了，通过一个真实的句子的引领，已没有什么可以阻挡他按照自己的步调一路挺进。当然，这才开了个头，大量的困难有待他去克服，停顿泄气在所难免，但是结果不会有问题，他终将完成它。

这天下午他写了有六百余字，四点半他收工，接下去写些什么已经清楚——一般他都会在写到这一程度时停下工作,这样就算之后有事不能写也不会有太大的影响,无论多少天后他只要想写他就可以接着上一次已经出现了的思路写下去,这也不会忘记。

坐公交车需要半个小时,这天,一个小时后,他回到了家中。

一个小时而不是半个小时是由于中途堵车了,还是两次。第一次被堵时,看着前方迟迟没有动静,他和几个乘客下了车,往前走了二百米,离开车龙往西穿过一条小巷,来到第二中学门口,那里有一班 202 也通往他家。他在 202 路站牌下等待着公交车的来到,自然而然地,目光落在眼前的车流上。此时正是下班高峰,街上车辆到处都往来密集,但这里总算是在动。常常,他看着的是作为整体的车流,目光笼罩着一组而不是一辆(从这一组游移到那一组),对其中的每一辆则平均分配;有时目光也会久久落在某个点上,看车辆一辆辆进入又出离了这一点,似乎是这样,每次当他就要对来到这个点上的那一辆发生兴趣时,它就驶离了;于是有时,目光会跟随某一辆远去,但这完全有可能是不由自主的、心不在焉的,过后他也不会意识到刚才他是在干嘛;当然也有明确对某一辆发生兴趣的时候,目光追随着它,看它在车流里左冲右突,正是由于它左冲右突它才引起了他的注意。

但这不过就是开得狂了一点,让他惊讶的是,这里的一切看上去是如此的井然有序，绝无可能发生有意地冲击碰撞，是什么样的一种力量控制着人们不在此做出疯狂的举动呢？

这时他看到了一头骆驼，正从站牌后边的人行道上下到车流中来。骆驼的主人试图在路边拉住它，但是无能为力，反而被它牵扯着一步步地深入了车流。先是迫使最接近它的那辆车子停了下来，跟在这辆车子后面的那一辆想从另一边绕过去，而迎面而来的车辆不依不饶（这是属于它的车道），在它们之间就形成了僵持的局面，由于各自后方的车辆不断前拥，使得它们要退回去也已失去了可能，加上一些车子还在试图绕行，原本的队形迅速被打散打乱，四周顿时堵成一团。喇叭声四起。不过，对此，前头那几辆车子的驾驶人员并不理会，他们通过放下的车窗纷纷探出头来，带着一定的好奇和出于对后面不明事态大鸣喇叭的车辆的挑衅心态故作平静地看着来到了马路中间的骆驼。也有人下了车，站在车子旁，双手叉腰，就像是在旅行途中停下来查看四周的地形。他还看到车流中一辆豪华车里的一女孩，从放在她双腿间的坤包里拿出一面小镜子和一支唇膏，对镜涂抹着嘴唇。

他给倩女幽魂打电话，告诉她眼前发生的事情。倩女幽魂很好奇，问骆驼是哪里来的。他也不知道。她问他那他该怎么办，要不走吧。他说他已经在走了。

听到喇叭声了吗？他问，告诉她他正经过一家烤鸭店，然后是一家卖丧葬用品的，一个丁字路口，一家银行，一家水果店。就是在这条路上的某一家水果店里他买过三只释迦,每只要三十元。他问倩女幽魂还记得吗释迦的事?她记得的。

随着他的前行,在两人对话的声音之外——这正是他提请她注意的——是他那头不断变化的声流。在这声流里作为基本的是这个城市的嘈杂声响,它们是由汽车的轰响喇叭的鸣叫街头流行音乐路人的脚步话语等等组合而成的一大团噪音。但对于在感受它的人而言它绝不是一成不变的。有时候这里加入了一声喊叫,那里则有人"嗵嗵"地跑过;有时响起了一阵水流的汩汩声(在她脑海里出现了一根横卧在地的正在漏水的水管);有时,他身边的一个什么人吹起了口哨,吹着一支她熟悉但叫不上名的曲子,但不容她思索,这就又被新来到的声音取代了,这次是一个人的说话声清晰地传入了她的耳朵,仿佛就在她耳边说,在对她说:景园芳,风景的景,园,公园……每一瞬间声流都在更新,每一更新都是那么的细致入微,为了让她更好地感受,他停止了和她讲话,只是举手机在耳边,而她默契地在电话那头微微闭上了眼睛。

你在听吗?

我在听着。

随着这一变化的声流,眼前的物象常新——她感受着他行经的大街,逐渐融入其中,仿佛她也置身于此,仿佛她成为了他:一旁堵实的车龙;阳光下明亮的地面,亮光有多亮阴影就有多浓,从一片阴影里出来迈入一片亮光又迈入阴影;人群迎面涌来,"人群里这些面孔的闪现,湿漉漉黑色枝条上的花瓣";一家接着一家的店铺不断来到又向后退去,每一间店铺都各有侧重却也大同小异,它们在这一边构成了一条纵线,另一边则是一根根电线杆子,不时出现的广告路牌,五步一棵的行道树;一片树叶从空中缓缓飘降;一辆警车呼啸而过;在一家水果店门前人们正挑选着水果,各种颜色的新鲜水果陈列在货物架上,其中一人把一只黄色的果子拿在手上,掂量着;似乎也闻到了它的清香,她不由得嗅了两下;而在这一切的上方,在行走者的头顶,她看看她窗外的天空,她想他那里也会是这样的一片晴朗。

她也看到他在其中的行走,此时她的眼里就只有他了,大街和声响成为其行走的背景,在她的视听里模糊一片,他的嘴唇抿紧,一脸认真的神情,出其不意地,在这认真的脸上出现了表示微笑的酒窝,她不由心头一热,赶紧问了一句:还堵着吗?

他回头去看,然后告诉她它们还堵得严严实实的。

这又什么声音啊,是打雷吗?她问。打雷了,要下雨了。那你赶快啊。没事的,我带着伞呢。你真聪明。

雨落了下来,她听到雨水穿过空无落向地面的声音、雨水落到地面上激起灰尘的声音。这雨水和灰尘散发一股夏天独有的气味,每一个夏天都有着这样的气味,这就是夏天的气味。她的心里一阵痉挛。

我想做爱。突然他说。

她的下面一下子就酸了。以前他总是说"干、日、操、插"之类的字眼,现在换成了书面一些的"做爱",却也给了她意想不到的冲击。

我也要。她咬着嘴唇回应。

×,×,×××××,××××××××××××,××××××××××,×××,×××——

×。

×,×××××,××××××,×××××,××,××,××,××××××,×××××××××——

××。

×,××××××,××××××,××××××,×××,××××××××,×××××××,×××××,×××××,×××××,××××××××,××××××××××——

×,××,××,×××,×××,×××。

××××××××××××,××××××××××,×××,××××××××。×××××××××,×××××××××××,×××××,××××××××,×××,×××××××,××××××××××,××,××——

××,××,×,×,××。

××，××，××××××××××，×××××××
×，×××××××，××××××××××××××——
××××，××，×，×。

××××××××，××××××、××××，
××××××，××××××，××××××××
××，××××××××××××××××××，
××××××××××××××，××××××××，
××××，××××××××××——

××，×××××，××，××。

×××××××，×××××××××，××××，××，
××××××××××××、××，×××××××××——

×——

他摁了手机。往前走了几步，来到一旁的墙根下。阴茎因为胀硬，从裤子里掏出来显得困难。这迫使他站了好久，比平常长多了，好歹才把一泡尿解掉。塞回时，它已经松垮，但还是保留着一种蓄势待发的姿态。他拉上拉链，抓住皮带的两边，往上提了提裤子，拿起伞，走到外面的街上。

雨越下越大了，街上已经形成了一支伞的队伍，花花绿绿地连成一片，花花绿绿地动着，这本是一项随意的运动，如果你拉开距离去看，从高处远处去看，你就会发觉它们也有一种节奏、一种韵律，也许比排演过的还要好看，好就好在拉开了距离。但是身处人群中间，他就不可能获得这样的体验，他不

仅要避免自己的伞碰着了别人,还要避免别人的伞碰着了自己;还要时刻注意自己的脚下,不要踏入了水汪,不要踩在了别人的脚上,不要被别人的脚踩了;有时也得当心那些没有伞的跑动者,他们一意孤行,从顶顶伞间杀出条条道路。但那红衣服的女孩抓着衬衣的两角举在头顶奔跑的样子就好像她随时都会飞起来。她真的飞了起来,双脚离地,上身前倾,保持着奔跑的姿势,开始缓缓地上升,逐渐拔离了伞顶,继续向上飞升。可是根本没有出现尖叫惊呼,根本没有人停住脚步,走的在走,跑的也依然在跑。他疑惑地看着四周,丝毫也没有理应的惊诧混乱的迹象。难道是他看花眼了?可是她明明就在那里,在天上,在空中,脱离了人间,如此的优美,让人摸不着头脑,不知该如何是好。一个男人从他身前的一家银行里走出来,在外面的阶沿上站住了,抬头看了看空中的女孩,随即移开了目光,从裤袋里摸出手机,埋头玩弄着。显然,只有他一个人看到了她,这奇景只为他所有,他虽然觉得奇怪,也无所谓让人分享。随着她越飞越高,他的头也越加后仰,他的伞同样地做出了相应的运行轨迹。奇怪的是似乎也没有人留心他的反常举止、注意到他长时间的站立,人们任由他站在那里,不时被过往的行人推挤着,因为恼怒于被他妨碍了去路他还听到了有人在冲他嘀咕,与其说这是他听到的,不如说是这声音进入了他那完全开放的感官。此刻,他的感官敏锐异常,能够清晰地感受到每一次身体的碰触、每一种细微的声响,而根本不分神。他出神地站着，看那女孩在空中越来越小，变成了一个斑点，终于消失不见，他又站了一会，直到清清楚楚地听到了一下拍击手掌的声音，这才恢复了意识，回到了站立的人间，明白了自己所处的位置，大踏步向前走去。

已经过了202路的下下一个站点，他已不抱希望再乘202路。当走到这条路的尽头时，他回头又看了一眼，车流还堵在那里，因为都刹了车，红色的尾灯在街上亮成一片。他向204路公交站点走去，他要走到这条路的左边去，实际上他是走在了相对于去他家相反的方向。

快到站点时，倩女幽魂打来电话，声音听上去有点难为情，问他坐上公交车了吗。他告诉她他还在走。我想来找你了，她说。来吧。还得过两个月，得等到秋天，这边……嗯。那你再走吧。好的。

他继续向前走去。阳光下雨后的大街湿润、清新，这也促使他加快着步伐。公交车来了，他三步两步到了站点，乘上它。让一种速度代替了另一种速度，不同的是在这一种速度里他不需要动，也不由他发动。但不知这一辆是不是就是此前他在余姚路下车的那一辆204。本来驾驶员可以是一个判断的标志，可谁会在坐公交车时去注意公交车的驾驶员呢，并且他们都穿着相同的制服，仅凭上车时的余光扫过是很难留下印象的。

回到家将近六点，小菜已经端上了餐桌，父亲在客厅里看电视，看到他进来，他把电视关了，坐去了餐桌前。

今天晚了。母亲说。

堵车了。

他们开始吃饭。几种声音交织出现在了餐桌上,把饭扒拉入嘴的声音,咀嚼吞咽的声音,调羹落水的声音,碰到碗沿时的"叮咚"声,喝汤时的"唏哗"声,椅子在地板上移动时的"吱嘎"声,饭碗放到玻璃桌面上时由于没有估计好距离导致的"嘭"的一声,以及,人咳嗽说话的声音。

小弥来过电话了。母亲说。

哦。

她说她那边挺好的,让我们都放心好了。

她下午打过我电话。

她有没有跟你说起向荣的事。

说了。

可不要出什么事。

没事的。父亲插了一句。

母亲看了一眼父亲,发了一会呆。

昨天晚上我梦见立早叔叔了,他什么时候出院?他问他们。

就这两天,到时你也去看看他,立早叔叔小时候待你不错的。母亲说。

他点点头。

父亲起身往厨房走去,他总是他们家吃饭最快的那一个。等他也去盛第二碗时,父亲一般就吃好了。接下来,父亲就会坐到窗口去，在那里点起一根烟来。父亲坐在窗口是为了方便烟雾散发到室外，但这样一种形象总会让他产生某种老年孤寂的观感。也许事实就是这样。

自从父母搬来城里和他一起住以来，快有半年过去了。最近的十几年中，他一直很少在家（初中高中寄宿在学校，每一两个星期会回家一次；读大学时也就寒暑假会回去，有时还要去城里的亲戚家住上一阵；参加工作后就更少回家了，一年也就回了一两次，没住上几晚也就走了），而那些年也正是他发育成长的关键年头，由于长期没有置于他们的眼皮底下，他觉得父母并不知道他变成了怎样，刚住到一起时，彼此甚至都有些不习惯（可能也因为他们刚来城里）。不过，很快他们就适应了（就像他们很快适应了城里的生活一样，他觉得他们还是挺能适应的），他毕竟是他们的儿子，是他们从小看着长大的，俗话说，"三岁知八十"，他们不了解他，还有谁了解呢？他觉得父母还是挺欣慰他成了这个样子的。有一次他听到母亲在和楼下的大妈说，"我儿子很老实的"，带着一种自豪肯定的语气。让他不解的是老实有什么好骄傲的，后来想想这老实自然包含更多。

他今天的心情特别，因此当母亲又像往常那样开始念叨时，他并没有感到不耐烦，也没有不理她——要是在往常，他就会去自己的房间，从那里他也能听到母亲一个人在自言自语，不过那会他已经在忙自己的事情了——今天，在离开餐桌时他拍了拍妈妈的肩膀,说,"好了,过阵子我给你带个媳妇来吧"。显然,坐在窗口的父亲也听到了这话,似乎从他的眼里闪过了一丝笑意。

第三章　新晴

大山大湖产生自己的气候

　　那里的四个人，他们走着。随着两脚的交替前行，两手前后摆动，并且总是另一只脚对另一只手，左脚跨出时，上来右手，换成右脚时，右手同时后摆，向前的成了左手。每个人都这样，可能某个人的幅度大一点，某个人的幅度小一点。不过，当三个人伸出去左脚右手时，另外一人伸出的却是右脚和左手。

　　这个在那一方面没有和其他人保持一致的人转过身去，但后面这人并没有在看着她，他只是因为她转过了身来才看看她，她冲他按下了手上相机的快门。他指指她身后，走在她前面的男人走起了正步，相机斜背在肩。她点点头，快步走去，到达走正步男人的身边，弯下腰。因为她是个高个子，她的弯腰给人的感觉既勉强又很有力度，似乎比一个平常个子的人弯腰更像是"弯腰"，在那男人的大腿上她拍了两下，拍在同一个部位，第二下紧接着第一下，随即收回，戛然而止，形成一种节奏，像是在着重指出一个基本事实，"你在走正步"，似乎也以这样的方式表示了赞赏认可。

走正步的男人在她拍他时低头看着,在她拍完后侧过头去和已经直起了身子的她点点头,继续正步走去,看着她,加快了频率。高个子女孩心领神会,学他的样也走起了正步,和他走在一起。她的头昂得高高的,刻意发挥着与走正步相应的风度。一旁,一个穿着白色裙子的女孩、她手中的相机从土路边的田野转向了走正步的男人,给他拍了一张,在那高个子女孩也走起正步时,给她,也许是他们,拍了一张。她也加入了他们。她没有走到他俩的身边去走,而是就地走了起来。在她和他们之间大概有三四个身位的间距,她也要靠后一些,大概靠后两个身位。

在三个走正步的人的后面,那男人双手插在西装短裤的裤袋里,微笑着看着这三人。

穿白裙子的女孩首先停住了脚步,但保持着手势,一手后摆,另一只手横在胸前,两只手都握着拳头,她从她的左面也就是后摆的那只手所在的那一面转过身去,问那男人,怎么样?

像——刘胡兰。他说。在像和刘胡兰之间有一个停顿,但没停顿到让人等待的地步。而刘胡兰则是不假思索的连贯。

靠。

白裙女孩说着放下了双手。其他两人也笑着恢复了平常的步伐。高个子女孩耸起双肩,双手捂着腮帮,双膝略微下蹲，左右扭动着身体向前走去。走正步的男人似乎有模仿的意思，但没来得及，高个子女孩停止了扭摆，挥了一下手，说，"No！"

比利珍啊比利珍。走正步的男人笑着对她说。

那颖禹啊那颖禹。比利珍看着走正步的男人说。比利珍是个外国女人，她用她那门语言说话的方式说中文，这在一个认识那颖禹的人听来，就好像她不是在叫那颖禹，这让人觉得新鲜、有趣，百听不厌。

Green 啊 Green。没有走正步的男人说。

张早啊张早。穿白裙子的女孩和比利珍一起说，因此她叫Green，其实是 Green 先说，比利珍当即跟进。她们笑着一起说完。张早竖起中指。因为她们走在他前面，她们说张早啊张早时是头也不回地说的，她们也看不到张早在竖中指。

比利珍转过身来，倒退着走着，把镜头对着面前的三人。三人都配合地看着镜头，一个前伸脖子、握着拳头很凶恶的样子，一个点头微微笑，还有一个和她对拍。比利珍拍下了这一幕，从相机上抬起头来，看向他们身后的什么东西。张早回头看了一下。比利珍把相机又举到眼前。三人走近了她，走过她，她的左边两人，她的右边一人。

出现了一个转瞬即逝的场景，差不多走成了一条直线的三个人，当他们走到比利珍身边时，四个人恰好处在了一条直线上。

三人走过去之后，比利珍的两旁顿时空了出来。随着他们继续前行，比利珍身后和他们之间的空间在逐渐地拉开拉大。

四个人，走走停停，不时变化着前后次序。有时某个人走在了最前面，有时这个人走在了最后面，有时他又走在了第二或者第三的位置，或者与另一人并排走到了一起，在最前面，在最后面，在中间……随着他走位的变化，其他人的位置也相应地发生着变化。而在他不变时，其他人也可能在变化，其中三人在变化，其中两人在变化。这些变化产生了前后队形上的种种组合。这些组合纯属偶然，没有规律，难以捉摸，你很难知道下一次会是怎样，也很难知道下一次什么时候到来。

变化的不仅是前后次序，和前后次序一样，随着前后次序的变化或者不变化，各种横向的移动也在不时发生，不时还有人停下来，这都增加了归纳的难度，根本就是一团混乱嘛，只不过这是一种平静的混乱，因其分散在一个很长的时间跨度内显得平静，当你最终放弃了徒劳，你就看着它们，也不再去设想和预感，任由他们在那里活动着，这样单纯的观看有其乐趣，这种单纯的运动也不乏看头，等你看进去了，那里就像是一个舞台，那几个人也就像是演员了。

虽然清楚这不可能，但也会有这样的时候，比如，刚才发生在三个人之间的前后左右的交叉换位太像是刻意安排好了的，你不禁问自己，这真的是出于偶然吗？真的是没有任何原因的吗？毕竟它们太像是一个表演了，演得也足够娴熟、流畅，一气呵成，一点也看不出演的痕迹，但正因如此，它更像是一个表演。

停下来是这样，三个有照相机的人停下来基本上都和拍照有关，或者，Green 有一次，她站住了想打一个喷嚏，但是夭折了，看到张早正看着她，她就说干吗干吗？张早摸摸她的头，Green 又说，是很难受的嘛。

（在那颖禹站停在路边的玉米丛外撒尿时，比利珍自他身后拍着他，Green 也发现了，也拍。你们别拍啊，那颖禹说。）

张早没有因为他没拍照，就一直走在队伍的最前面。他确实要比其他人更久地处在最前面。走着走着，他就走到最前面去了。那时他独自走着，时快时慢，东张西望，在这样一种行走里人是不会感觉到自己双脚的运动的，人的心思在四周的景物上，在天气上，在自己的某个念头上，而把行走完全交给了脚，脚自己走去，按照它一贯的节奏，以它不为人知的方式，根据探索到的道路状况，一颗石子被踢飞那也是脚自己在行动，当它被踢飞他才意识到他踢飞了它，有时也没有意识到，有时目光接触到了石子，把它踢飞的念头要滞后于踢飞它这一行动本身——但走着走着，可能会出现这样一种情形，他意识到自己的行走，为自己的行走所吸引，沉浸在了这行走中：视四周如无物，心无旁骛，排开看不见的气流，步伐有力、清晰而规律，每一步都能听到自己的脚步声和心跳的声音，只有这一声音，跟随着这声音，一步一步，感觉着这一连续，进入这连续——直到来到那一时刻，在那一时刻他将意识到他离开他们很远了、他独自走得很久了，他停下了脚步，回身等着他们。

在他不在最前面的大部分时间里，他停下来是和 Green 在一起，让 Green 给他拍照，或是他看 Green 拍照，和 Green 一起看他们拍的照片，有时他也给 Green 拍。

张早后退，先左脚，然后右脚，再左脚，站住了，此时右脚在前，左脚在后，两脚之间距离一鞋，他把相机举到眼前，按下快门，然后低头看了看显示屏里的照片。

这会，张早又走到最前面去了，他就要走到这条路的尽头，接下来是一大片青青的湿地，过了湿地是湖。张早停在湿地的边上，侧身看着后面的三人。

哇，有人对着这一大片青青的湿地发出了感叹。

他们站在湿地的边上，看着这一大片湿地——面对这种环境，人也会感受到自己的呼吸，满满地吸进去一口，呼出去。

青青的湿地里有许多马，黄的、白的、褐色的，有站着的，也有在奔跑的，奔跑的马的尾巴长长地伸展在身后。

有人举起了相机。

这是沼泽吗？Green 问。

这是湿地，没事，可以走的。那颖禹说。

是沼泽我还敢下？张早说。

比利珍、那颖禹和 Green 也下了去。他们有的穿着凉鞋,有的穿着拖鞋。当他们的脚下去时,他们会期待某种感受,这感受将被证实是凉凉的(也可能什么都没想,一脚就下去了,因此会出其不意地感受到那种凉快),像是走在暴雨后的操场上。那时,他们意识的重心在脚上,也由于初次涉足还提着一股劲——脚随即遇到一股阻力,其实是到底了,比想象的要踏实。

脚落到水草中,提起,再落下,不时会带起水来。经过的大部分地方都平整,水草密集,并不泥泞。有的地方坑坑洼洼,坑中映出天空一块,顺便可以洗去粘在鞋底的泥(也可以在水草上蹭去)。有人脱掉了鞋子,一手一只拎着走,这样走一开始脚底会有硌感,这就像是那种凉快的感觉,以及来到一个新的行走环境里的新鲜感,要在走过一段时间之后,脚才会不再感受到它们。从那时起,人才算完全融入了环境。

他们向北,和湖平行地走着。目光转向东面就能看到湖。湖狭长,闪光。湖的另一头是山和山下的村庄。

前方有两匹马在亲热嬉戏。一开始他们就是在向它们走去吗?显然,一开始他们就注意上了。也许它们正好是在他们走去的路上?无论如何,他们离它们是越来越近了。他们此刻肯定是在向它们走去。

马在嬉戏一望而知,它们是在嬉戏而不是在干别的,不过它们嬉戏的方式和人还是有所不同,马没有手,没法抚摸、拥抱,好像也不会舔吻,马静静地站立,磨蹭着各自的头部,在这种情形中,它们头部的歪来扭去显得尤为激烈;马一跳一跳,跳起来的同时,头碰到一起,彼此摩挲着,这一亲热显得梦幻,人做不来。它们也用身体的其他部位磨蹭,由于它们有一个很大的头,它们的那种耳鬓厮磨最引人注目。

有一幕值得一提,当它们同方向并排站立,摩擦彼此的肋侧时,它们的头抬起,一动不动地看着前方。它们是在静静地体会?

哇,好大。Green 说。

呵呵。那颖禹笑出声来。

What?比利珍问。

张早指指黄色马的阴茎说,big。

Hmmm。比利珍摇了摇头。

大家都笑了。和前一次的突然、短促(笑声来得快去得也快)不一样,这一次那颖禹笑得明确、放开。两次笑的分贝是递进的,前一次是"呵呵",这一次是"哈哈哈"。

无论"呵呵",还是"哈哈哈",它们都是即时的反应,体现出一种爆发力,要比这里其他人的笑更给人以情不自禁的感觉。

他们已经走得离那两匹马很近了,他们停下来给它们拍照。花斑母马两次扭头避开了黄色马的贴靠(避开时,花斑母马看也不看黄色马一眼)。这在此前好像是没有的。黄色马低下头去,啃吃着地上的青草。那颖禹走到黄色马身边,抚摸着它。

这马昂起头来,瞅着那颖禹,那颖禹抚摸它的头部,它又把头晃了两下,明显是要晃开他,但很快它还是在那颖禹的手下平静了下来。

那颖禹搂着马头,和马耳语着什么。那颖禹摩挲着马的肋部,搔它的痒痒。那颖禹从裤袋里掏出一包薯片,(那颖禹还有薯片,张早说),拆开,取出一片塞入马嘴。那颖禹把薯片放在手掌上,让马自己伸过头来吃。比利珍从各个角度拍摄着那颖禹和马。张早双手叉腰看着那颖禹和马。Green也过来抚摸马,但她不及那颖禹那么自然、那么投入,Green的动作显得小心、局促。Green看着那颖禹抚摸着马。

那颖禹抚摸着马,他的抚摸有板有眼,看上去很合理,让人觉得马会很舒服(仿佛我们就是那马),好像抚摸马就应该像他那样抚摸。他有一些和马交流的小动作,这些小动作表明了他和马这种动物相知。在这件事上,人们看到他这样子就会被他吸引,信任他,模仿他。

比利珍和张早也过来摸了摸那两匹马。马毛滑滑的,手掌透过滑滑的马毛感觉着马暖暖、肉实的身体和这身体上的呼吸起伏。人的手在这高大而温驯的活动物皮毛上触摸的感觉很特别,踏实。

他们离开这两匹马,继续向北走着。比利珍边走边从显示屏里调出相片看。她停了下来,看着后面的那颖禹。那颖禹注意到比利珍正笑盈盈地看着他，就加快脚步，走到她身边。比利珍把相机递到他眼下，让他看一张相片。相片中，扮着鬼脸的那颖禹抓着黄色马的下颌，看着那马，马伸直马头，也在看着他。那颖禹看着比利珍，点点头说，good。比利珍要那颖禹看的就是这个了，而在他和两匹马的后面，是湿地，是地平线尽头的山群。那是五座山，第一座起始于相片中间偏右的位置，逐渐往相片的左边升高，快到达相片边缘时有所下降。第二座，它的起始部分被第一座的起始部分挡住，即它在第一座的后面一点，这两部分仿佛相交的地方就位于这张相片的中间，这一座向相片的右边起伏伸展，它最高的地方也是在快到达相片边缘时。第三座差不多就在这张相片的中间，也就是在第一座和第二座仿佛相交的地方的后面，因而，它的左边部分在第一座的后面，右边部分在第二座的后面。这是第三座。它后面第四座的起始部分几乎完全和第三座的起始部分重合了，它向右边逐渐升高，很快就高出了前面的第二座和第三座，它也是在快到达相片边缘时开始有下降。而最后面的那一座是一个山头，崛起在第一座和第三、第四座的后面中间偏左的位置，下降的两边随即分别被第一座和第三、第四座挡住，在视觉上它和第一座一边，左边，第二、第三、第四座又是另一边，不同于线条柔和的前面四座，这最后一座在远处尖尖地矗立。

它们的前后次序明显从它们颜色的深淡上可以分辨。第一座山最绿、最清楚，看得到山脊上稀稀拉拉立着的一些树木，树冠张开，躯干细细的。第二座相当于第一座，它的郁郁葱葱也一目了然。第三座就模糊了，已经看不到具体的树木，显示不出树木、草、岩石这些物体的颜色的差别。第四座和最后面的那座山头一样是黛色而不是竹青色了，只不过这最后面那座更加朦胧。它那剪影般的轮廓加上它尖尖的样子，以及它差不多又位于这一画面的中心位置，使得它在这几座山里最显眼。而在这五座山的上方，天空（好像天空不在湿地的上方）是灰白色的，带着一些蓝色。

我也要看。Green 说。

厉害吧。那颖禹说。

厉害。

厉害，厉害。比利珍用中文学说着。

什么什么。张早问。

四个人的头凑在了一起，八条腿靠得如此之近，然后就分了开来，头和腿都分了开来，各自的头带着腿、腿带着头。

沿途的马有两三只在一起的，也有单独活动的。无论是在动的，还是站着不动的，这些马的四只脚表现出了种种形态，有些形态，人是想象不出来的，无法想象这些脚居然可以这样分布。对于只有两只脚的人来说，看到它们这样，大概都会有点摸不着头脑，要为它们感到别扭。

还有它们的头和它们的脖子，它们的脖子很长，长长的脖子带动着头扭来甩去（有时候好像能够甩到身体的中部），很是方便,也有点不可思议。

一匹正低头吃着青草的马的臀部拉出了一坨粪便,高高地砸落在地。

这马好漂亮。

哪里?

这里,这里这里这里。

他们走到那匹漂亮马身边。从不远处跑过来了一匹马,跑到他们的附近,"吭哧吭哧"地吃着青草。

它这是怎么了?

它是来保护它的。

是不是对我们有意见?

有的吧。

这马也很漂亮。

嗯。

比利珍抚摸着那匹漂亮马,另外那匹漂亮马不时抬起头来瞅瞅她。张早向它走去,它的前腿踢踢草地,闪开了。

它不喜欢我们。那颖禹说。用英语和比利珍又说了一遍。

唉,那走吧。张早说。

马和人也挺像的。比利珍用英语说。

动物嘛。那颖禹在前头用英语说。

比利珍在说什么。张早问。

马跟你挺像的。Green 回答他。

这地方真的是很大哦。

Big，big。张早回过头去对比利珍说。

Big？比利珍左右张望着。

坏蛋。Green 说。

坏蛋坏蛋坏坏蛋，坏蛋坏蛋坏蛋蛋。

啦啦啦啦，啦啦啦。比利珍模仿张早的调子摇头晃脑地唱着，快步走过了张早和 Green。

比利珍很滑稽。张早说。

对啊，她挺感性的呀。

比利珍回过身来，朝他们唱，啦啦啦啦。

啦啦啦，啦啦啦啦。张早接上。

这是什么歌，我想不起来了？张早问 Green。

好像是——想不起来。

啦啦啦啦，啦啦啦啦。张早停下来，歪着头唱了唱，接着摇摇头说，想不起来。

二三十米外，走在最前面的那颖禹已经来到了一块菜地的边上。

那颖禹这是要去哪里？张早说。

不知道，Green 说。

Green 轻轻地哼唱起了刚才那调子。

这些菜可以吃了。在菜地边上的小路里走着时，那颖禹自言自语着。

他捡起一根树枝,把它扔得远远的。

当他走过菜地,张早和 Green 才到达菜地。在他和他们之间,也就是在他刚走过的小路的中间,走着高高的比利珍。

在菜地北边的一条土路上,比利珍赶上那颖禹。他们交谈着,一高一矮地向东走着。

天色起了变化,有人注意到了这一变化,抬头看了看,天色正在暗下来,天上往来着灰乌的云阵。

在这正暗下来的天空下面,前方,一头公牛卧在土路的中央,头朝着他们,一动不动。

他们,比利珍和那颖禹,应该早就看到了它,但要感觉到它的威胁(感觉它有威胁),似乎要来到一个特定的距离,似乎在这一距离之外这威胁就不可感,只有当他们进入这一威胁的辐射范围,它才会像一股气味般被他们闻到,像一个声音传入耳中——那颖禹的脚步慢了下来,慢的结果是他离开大路,拐向了一旁泥泞的庄稼地。比利珍跟着他(是那颖禹的慢提醒了她吗?而那颖禹也知道这一点,就没有再和比利珍说什么——以说的方式提醒她,还是,她和那颖禹是同时感受到的,这一范围不只适用于那颖禹,也适用于比利珍,有可能也适用于其他人,虽然不会是每一个)。等到张早和 Green 就快走到那颖禹他们进入庄稼地的点时,他们看看走在庄稼地里的这两人,又看看那牛。那颖禹回过头来对他们说,牛很危险的。张早挽着 Green 也进入了庄稼地。

中途，Green 弯下腰去，把沾满了泥的拖鞋拿上来，提在手上。她又赤足走着。

一行四人默默走着，不时注意着土路上的公牛。

走过它将近二十米的距离后，那颖禹率先返回了土路。在土路边上，他回头去看，就要来到土路上的比利珍在她的位置上也回过头去。有那么一会，两人静止在了这一姿势之中。在他们的后面，张早和 Green 正低着头双双从两垄地之间的土沟上跨过。而那头依然背朝着他们的牛，一直保持着卧着的姿势，在他们绕行的过程中，它也没有动过一下。

在土路尽头的小山坡上，他们看到了湖。当他们沿着小山坡向上走去，还没走到小山坡的上面——在他们的头探出山坡时，他们就在树丛中看到了水光。视野被树干与树叶阻挡分隔，湖显现在它们之间的空白处，湖面破碎零乱，但是人的经验会去补充它们，在脑海里将它们形成一个整体。

Lake。

Lake，lake。

仿佛她们根本就没有想到会在此时、此地遇见湖。

随着他们身体的上升，大片湖光展开在他们眼前。可能会有这样的错觉，好像树梢处这树叶掩映间的白光来自一片天空。但这当然是湖。现在，他们站在了小山坡上。透过林间，在一片湿地的外面，湖静静地。

游泳英语怎么说？我忘了。张早问。

Swimming。Green 说。

Swim？比利珍问。

Swimming, swimming。张早指着湖，对比利珍说。

Ok，ok，go？

No，no。那颖禹从她身后走过。南面不远处有一个小棚屋。

Green 背包里的手机在响。另有两人也拿出各自的手机看了看。

喂。Green 说。

嗯。

嗯。

好的。

小棚屋铺着防雨的油布。里面有一些被子、毯子和破旧的衣服。

嗯嗯。

但在夜里……

哦。

他们三个的头在棚屋里，身体余下部分却在棚屋外，就像是头不见了，等头退出来，这一具具身体才又重归了完整。

这是干什么的？张早问。

是放牧人用的吧。那颖禹说。

可以来这里野合。Green 插话。

好主意。

不是和你说。Green 对手机里的人说。

我说，我刚才那句话不是和你说。Green 又说。

比利珍、那颖禹把相机、背包放入棚屋。那颖禹从裤袋里掏出手机、钱包，和相机放在一起。

嗯，嗯。Green 还在通话。

Green 看着比利珍脱去 T 恤和长裤。

好。Green 点点头。

好。

Goodbye。

你们怎么不脱啊？Green 按了手机。

穿着也可以游。

天要下雨。张早看了看天空说，语气里带着一定的疑问，似乎是在征询身边的人们的意见，或是在寻求支持。

要下。那颖禹说。

比利珍有带伞吗？张早说。

Green 问比利珍有没有带伞，比利珍说她没有。

比利珍、张早、那颖禹把鞋子脱了。四人赤足走下山坡。

我也好想游。Green 说。

下次教你吧。

哦。

他们走进树林，迎着湖光走去。

树林里的湿地平整、结实。脚下传来脚踏在这平整、结实的水草地面上的声音。这声音一路响着,但很快就不再被他们听到。他们会听到小鸟的啾啾鸣叫,其中一只叫得特别响亮,单调重复、不间断,吸引人去寻找。还有风从林间"呜呜"吹过。在一片树林中,人们能更清楚地感受到外面光线瞬息、微妙的变化,大概一片乌云正经过林子的上方,四周突然暗了下来。树林里又变得悄无声息地安静了,脚步声又回到他们耳中。

路遇一只没有了盖板的坐便器,座圈也没了,坐在幽暗树林和水草地中的白色坐便器很醒目。

它怎么会在这里?张早说。

谁知道呢,呵呵。那颖禹说。

等一下,等一下。Green叫住他们,她要比利珍坐到坐便器上去。

Good!

那颖禹拔了把水草,擦了擦坐便器的座沿。

比利珍坐了上去,Green给她拍了一张。然后是那颖禹,然后张早。Green让张早给她也拍一张。

张早把相机交还给她。

怎么样?

还行吧。

他们嘻嘻哈哈地向着林子外走去了——他们向着树林口的一片白光走来,在朦胧的光影中逐渐移近,他们就像是几只小动物，身着五颜六色的衣裤，有红的绿的黑的白的蓝的，他们的周围是绿色和褐色的水杉，他们行走的姿态时时变动又大同小异，当他们一个接着一个走出树林，他们就像是从一幅画面中走出来。在高高、挺拔的水杉树下，他们一字排开，朝着前方灰白色庞大的湖面。

好大的湖。

要不然怎么会叫海呢。

这里的人估计没见过海。

哈哈哈，有可能。

不过它确实很大。

离真正的湖面还有一片三四十米的湿地，但路况和小树林里不同，也和第一片湿地不同，这里的水草茂盛，越往外走，水位越高，在这样的水草丛中跋涉，很快就深一脚浅一脚了。

张早从 Green 身后拉开 Green 背着的双肩包，从裤袋里掏出手机、钱包，放入包里。

水位漫过了 Green 的裙摆，这是一条过膝的棉褶裙，Green 站住了，低下头，用双手把腰圈部分往外翻卷，湿了的裙子贴着大腿上升，到达大腿根部后，Green 把裙摆前前后后拧了一遍。

你不要走了。

张早把脱下的衬衫扔给她。

我也好想游哦！

雷声轰隆。张早走向前去。最前面的那颖禹的西装短裤以下已经完全没入水草丛。他身后的比利珍右脚在前，左脚在后，正拔起后面的左脚。他们蹚过后在草丛中留下一条水道的痕迹，张早沿着这一条水道走着。他回头，看到Green脸上的眼眶部分被她一手举着的相机挡住了。Green按下快门。张早转过身去。远处的那颖禹已经在湖面上了，比利珍潜入湖中。张早偏离了他们的路线，进入旁边水草丛中的水潭，在水潭里游着，双手一下一下前伸。他只有肩部以上露出在了水面上。他正移过最后的那片水草丛。

Green拿起相机，对着天空。厚重乌黑的云阵在天上快速来去，低低地聚压在湖面上。水草在风中东倒西歪，空气湿湿的。眼看就要下雨了。

湖面上突然比刚才亮了。Green拍着湖水中此起彼伏的三人。三人都小小的，但还是能分辨得出谁是谁。中间的比利珍在向她招手，她向他们招招手。

Green摊开手掌，一颗雨点落在了她的手心里。Green用左手拇指把背包的左边肩带抬起，让背包带移出左肩，拇指沿着带子下滑到底部，左手顺势从松了的背包带里抽出来，右手向后托住背包底部将它送到身前，用左手拉着背包将它固定在身前，右手把拉链拉开，把搭在右肩的张早的衬衫拿到右手，塞进包内，放开了的双手拿住挂在胸前的相机带，举起来，同时低下头，把相机带举过头顶，举到面前，头抬了起来，Green

一手提着相机，一手把包拉到胸前，把相机也放入包中。大雨落了下来，在湖面上激起一阵水汽。Green背好包，回头看了一下树林。雨齐刷刷地落着。Green的T恤、裙子很快贴住了肉。

　　雨点在湖面上三个人的头边不断下落、跳跃。他们正在返回。游到了水草丛，都站起来。在他们身后，湖面仿佛在微微地晃荡。Green看着他们向她走来。在回荡的水波中、在水草丛中，他们逐渐升起、变大，抱着双臂，和她之间的距离逐渐缩短。他们一开始没有来注意她，他们忙于开拓出一条路来。后来，当他们从变得踏实的行走中抬起头，几乎就是同时地看到了她。他们看着湿透了的Green站在水草的中央，正低头检视自己的裙子，她的裙子高高束起，裙子下面露出白白的大腿。

第四章 我感到你的痛苦

挺——

怎么——

他们同时说出又同时住了口,都笑了笑,老顾的女友多少有些难为情,一旁的老顾说"沉不住气"。

一般情况下,接下来,两人都会等一等对方,然后根据对方的动作表情,由其中一方适时先把话说出;或者,一方会说"你说",另一方说"你说,你说",一方又说"你说,你说",这下另一人应该不会再谦让了……现实会提供此方面的种种变化,也不乏再次撞话的例子。但也可能在首次撞话后其中一方根本就不等,就像现在。

怎么样,费劲,怎么样?

挺好挺好。费劲点点头,继续打量着。

嗯嗯。

都你们自己弄的?

当然是我们弄的，主要是我弄的。

下次装修了我要找你。

好啊好啊。

老顾女友转身去了厨房。

费劲进入客厅，他从里面扫视着客厅，在两人沙发上坐下来，把背包放到地毯上，靠着方几的脚。他坐着又打量着。坐着有坐着的视野。老顾在整理方几。

装修了多长时间？

差不多就两个月吧，简单刷了个白，把木门漆了一下，换了换家具，真弄起来也挺麻烦的，这些，这个，这个，都是宜家的。

宜家挺好的。

相对便宜它们，样子也可以。老顾把边上的一把椅子挪到沙发旁，在椅子上坐下来。

老顾拿起DVD的遥控器，按下播放键，说，刚才在看这个片子。电视画面里的人物动了起来，响起了音乐声。

等等我。老顾女友在厨房里喊。

蝈蝈拿来的，蛮好看。说着，老顾打了个哈欠。

昨天没睡好。老顾说。

蝈蝈，他也来上海了？

嗯，他等会也来。

怎么不等我的。老顾女友端着两杯饮料进来了。他们看着她把饮料放下在方几上。

响起了敲门声。

我去开。老顾女友说。老顾女友向客厅外走去了。

阿穗封面设计还在做吗？费劲问。

在做的。

张早呢？老顾女友问对方。

他不来了。她说。

我上下卫生间。老顾女友说着去了一旁的卫生间。

她进入客厅，和老顾、费劲点点头，在方几空着这一面（空着的另一面对着电视机）的地毯上坐下来。地毯上放着垫子。

张早怎么不来？

他去旅行了。

张早怎么一个人去旅行？

嗯。她看看电视画面。

这是费劲，写诗的，你们见过吧？

应该没见过。费劲看着她。

嗯，诗看过的。

是不是很一般般啊？老顾笑了笑。

我喜欢的，"你是我的妈妈，我是你的爸爸"。

我喜欢。她低着头又说。

这费劲写的吗？我怎么没看到过。

我写的。

这你喝,我没喝过。费劲把饮料移到她面前。

嗯。

还有的。老顾说。

从卫生间里传来放水冲马桶的声音,老顾女友出来后去了厨房,不一会,又端来了两杯饮料。这期间,他们都没说话(在看片子),似乎在等着老顾女友到来、来改变这一局面。另一个人的到来肯定会打破沉默,她就将到来,这一小会的沉默因此可以接受。

奶昔。她说。

啊,你在喝了。

好喝。

牛油果的。

老顾女友把另一杯给了费劲,端着自己的那一杯在两人沙发的另一头靠她的那头坐下来。

这个电影很好看的。老顾女友说。虽然老顾女友说话时并没有看她,但很明显是在和她说。

噢——她并不是接着说出"噢"的,而是过了一会,此时,别人(包括老顾的女友)或许都已经不知道她在"噢"什么了。

他能靠做封面养家吗?

那肯定不行,他现在的女朋友收入还可以。

这个女的等会会跟着他走。老顾女友说。

有一阵没见到他了。

嗯。她说。

这怎么做的？她问。

味道还好吧。老顾女友转过头来看了她一眼，随即又看向了电视机。

好的。

挺好喝。费劲说。

阿穗女朋友在哪里上班的？老顾女友问。

在电视台。

那是挺有钱的。

也不会有钱到哪里去。老顾说话的同时埋头操作着手机。

我去接一下，他们下地铁了。

哦。

老顾出了客厅。"砰"的一声外面的防盗门关上了。

我还是不明白她怎么会跟着他？老顾女友看着片子里的一男一女说。

费劲突然在屏幕里看到了老顾女友，老顾女友清楚明白地从电视画面中显现出来，好像她也看到了他，在那里看着他，他们通过电视屏幕四目相对了。这在看电视时经常发生，并且总是突然的。

费劲拿起方几上碟片的封套，看着。当他再次抬起头去看屏幕时，可能是因他还记着刚才的那一幕，他又看到了同样的情景，就像他是去印证的，又仿佛他是特意去看她的。是不是只要他还记着那一幕,每次他去看电视屏幕他都会看到她呢?他站起来,去了卫生间。

你觉得团这个人好玩吗?说话人的语气较之前有了变化,变得神秘、有内容,听的人感觉到了这种变化,特意抬起头来看了问话的人一眼。

团?还好吧。

团很好玩的,他以前追求过我呢。老顾女友边说边留意着卫生间那边。

哦。

不过那会我们都还不认识——看到费劲出来了,老顾女友就没再说下去。

自费劲身后传来了敲门声,他返身去开了门。

这么快。老顾女友看着外面。

蝈蝈。费劲说。

嗯。

蝈蝈,你有看到老顾吗?老顾女友在客厅里问。

碰到了。

蝈蝈看着她走去,她是他还没打上招呼的一个,当她抬起头来看他时,他叫出她的名字。

蝈蝈在老顾坐过的椅子上坐下来,在椅子背上挂好他的背包。他看着电视屏幕。

是你拿来的那个片子。

嗯。

老顾很喜欢这个电影,他等会会和你说的。

老顾女友似乎记起了什么,发出了一个感叹词,站起来,出去了。

法国片里有时还真能看到让你惊喜的。费劲看着电视屏幕。

呐,蝈蝈,你也有份的。老顾女友给蝈蝈端来了奶昔。

蝈蝈接过去,喝着。

老顾女友在原来的位置上坐好。

怎么样怎么样,好喝吗?蝈蝈。老顾女友一直在看着蝈蝈喝,显然,蝈蝈没有觉察。

好喝的。

那你得说啊,我下次再做给你吃。

她笑笑,和费劲交换了一道目光。

好的。蝈蝈都有点脸红了。

费劲,你喝酒吧。

我戒酒了,我喝茶,我带着茶叶。费劲从地上拿起背包,从包里取出一小罐茶叶来。

老顾女友去厨房给费劲泡茶。

电视机里一对男女开始做爱。三人不出声地看着。

啊,好黄。

老顾女友把热水瓶放到费劲这一侧沙发的边上。

没有人搭话。做爱在继续。她双手托着脸,就像是在沉思,也许真的是在沉思,并没有在看。蝈蝈不时看看手机又看看屏幕。

倒倒倒倒倒倒倒倒倒倒——从房子的外面(好像就在这家的窗下)传来一个人清楚而单调的"倒"声,有时又有点抑扬顿挫。

费劲向窗外看了一眼。虽然,窗帘拉上了,什么也看不到。

你们听着,很有趣的。

向左向左向左,你怎么向右,你向左,左,左,左,再打再打再打,对对对对……

每天都有的,感觉这里的人倒车好差哟。

打打打再打,打打,好好……

他们来了。老顾女友说。

钥匙在锁眼里转动。

你们怎么这么慢?

装修得不错啊。来人换上拖鞋。

要看是谁装的,呵呵。老顾说。

不错吧不错吧,团。老顾女友说。

不错,不错。

阿穗呢?费劲问。

有什么事情又回去了,团说阿穗都跟他下了地铁了,可能根本就没来。老顾笑。

阿穗就是这样的。团说。

团拍拍蝈蝈的肩膀，和费劲点了个头，看着坐着的她。

张早呢？团问。

张早一个人去旅行了。老顾女友说。

太不像话了。

团和老顾都坐了下来。

我给你们去拿酒。

你的奶昔呢？老顾说。

喝了啊，没有了，哪有这么多啊。

什么好喝的没我的份。

牛油果很贵的，下次做给你吃——老顾女友拿来了红酒和杯子，她有点慌乱地收拾着方几，给他们倒上酒。

什么电影？团问。

对了，蝈蝈，这电影非常好，我很喜欢。老顾说。

我就说。老顾女友说。

讲了一个女的莫名其妙跟着一个男的，其实也不是莫名其妙，你看了就知道了。

接着，老顾指着靠窗放在书桌上的一样东西，叫他女友帮他拿一下。

哪个？

那个，那个那个。

蝈蝈把碟片封套递给团。

费劲给自己的杯子里加了点热水。

费劲你是不是计划怀小孩了？老顾问。

在看电视的蝈蝈和老顾女友也都看着费劲。团在看碟片介绍。她在看手机，看了一眼，又放回了口袋。

嗯，为了下一代。

那你烟也不抽了。

也不抽了。

可以抽烟吗？团问老顾女友，团把封套放到方几上。她把它拿了过去。

可以啊。

团掏出一包烟来，从中抽出一根。

这什么烟。说着，蝈蝈拿起烟盒。

河南的。团点上烟，对费劲说：你还真戒得掉。

真要戒还是能戒掉的。

我来一支。蝈蝈说。

我也来一支。

你们怎么都小孩一样的。

蝈蝈现在还住通县吗？团问。

我搬到杨浦了，离一软家很近。

一软？费劲问。

就是上次小习生日那天喝醉的。老顾说。

一软是不是gay？团说。

当然是。

团你是不是看不惯 gay？费劲问。

没有没有。

别这么害怕呀，看不惯也没关系——老顾说。费劲这时开始说，你看不惯就看不惯嘛。而同时，老顾继续在说，为什么一定要看得惯呢。

我还真没看不惯，你们怎么会这么觉得？

大家都觉得你看不惯，那你就看不惯嘛。费劲说。

这么说倒也是。

哈哈。

……

他们谈话，喝酒（费劲喝茶），看片子。谈话是主要的，他们谈话时喝东西，谈话时瞅瞅片子；当他们谈得不可开交、争论着什么时，眼光扫过电视画面，并没有看进去；也会忘了喝东西。

他们争论着人类分男女是为了什么，老顾和团说是为了繁衍后代，费劲说是为了爱情；随后他们说起了世界末日，世界末日怎么个末日法；接着，他们谈到一个叫甘宁的朋友、在他的老家发生的一起暴动——一个不在场的人是很难想象怎么会说到这上面去的，但大概会觉得说到什么上来都很正常（显然这是一种不假思索，仔细考究谈话的路径，它是太正常又太神秘了）；接着团给大家讲了阿穗众多神奇故事中的一个，阿穗有一次和他女友在街上打架，有个大叔来劝架，阿穗撇下女友，和大叔由争执到相谈甚欢,彼此惺惺相惜,最后成了朋友;之后,他们为榴梿好不好吃又吵了起来。

(世界末日、围堵市政府、阿穗的故事、榴梿好不好吃只是对谈话中主要环节的概括,谈话本身是丰富的、平等的,那些零零碎碎、难以概括的话并不是作为主要环节间的过渡或铺垫存在,说到那些所谓的主要环节上来也是出于偶然即兴。)

那你什么意思?

对啊,你什么意思。

我是觉得那些认为它不好吃的人缺乏一种,觉得这种东西好吃的能力。

这怎么会是缺乏呢,这跟缺乏没关系。

这不就是一种缺乏吗?这么好吃的东西他都不觉得好吃,不是缺乏是什么?

老顾,这不是缺乏。

不知道你们在说什么。老顾女友说。

呵呵,来,喝酒喝酒。费劲说。

榴梿——老顾和费劲碰了一下,喝了一口。

每次都争来争去,每次都是这样,你说他们烦不烦哦。老顾女友和她说。

挺好的。

当他们争论时,往往你一句我一句;有时,出现了一个人说了半句被另一个人打断;对方插话但说话者不予理睬继续说他的话；为了压倒对方，两个人竞相（不由自主）提高嗓音；等等。不过，他们的争论基本上保持着一种和谐的气氛，没有人因坚持自己的观点而咄咄逼人，不时还自觉地伴以玩笑、调侃的口吻，（争论的组合是复杂的，有时三对一，有时二对一，有时三对二，常常是一对一，老顾或团，老顾或费劲，费劲或团，其时，第三方、第四方或者第五方也有他们的话说，他们不时附和这个又附和那个、批评这个又批评那个，或者对争论的双方都不赞成，这也起到了润滑调剂的作用）；但一来二去，也难免有了情绪（很少这样的时候），看起来再发展下去就有可能闹别扭了，一个初次见到这样的场面的人是有可能会担心的，但是形势会在瞬间转变，因为一句话或几句话（说这样的话有时无意，有时是有意），那种紧张的气氛旋即一扫而空了。

这是个谜吧。蝈蝈说。

还是蝈蝈说得对——老顾女友说——这就是个谜。

说什么都说到是个谜，那就没法说了。老顾说。

就你对。

对，就你对。团说。

不过也是，你不说，我还从没想到还可以这样想。老顾说。

就是。

随后有一会没有人说话——在热烈的谈话过后是会出现一阵沉默的。然后会有人就上一话题的某一点再说开去。或是：

几个人一起又喝了一口。

你总是不说话。团对坐在他斜对面的她说。

她对团微笑了一下。

费劲去了卫生间。

"他问我,等会你去哪里?我说回家啊,我的意思是回那个家,但是他以为我是回另一个家,我当时呢,根本就没想到他指的是另一个家,接下来他说,远不远,我说你不是去过的吗,这里他不是也来过的吗。

嗯,那他又说什么?

他说我是去过的,但我不记得了。

那你还不觉得奇怪,这怎么会不记得呢。

当时我急着要走,哪想那么多,我是走了之后,才想到哎呀他以为我是要回那个家。

你怎么说?

什么,哦,我就说很快的……"

这对话还挺有趣的。团说。

对啊,这导演有一种特别的整体感,完全是他自己的,他还有什么片子吗?蝈蝈。

好像挺多的,下次我再找几个来。

客厅里说话卫生间听得清清楚楚。费劲说。

料质很差的,我们都没换。

我已经养成了坐在马桶上小便的习惯,这是不是男不像男女不像女啊。费劲说着坐下来。

你进化了。团说。

这样好啊这样好啊,老顾老是把尿尿到马桶上,好讨厌的。把马桶垫圈翻起来。蝈蝈说。

这样还是解决不了根本问题,会尿到马桶沿上尿到地上去。费劲说。

老顾以后你也坐着尿吧。

开什么玩笑。

哈哈。

这个电影很长啊。费劲说。

快好了。

你们都这样吗?老顾问。

蝈蝈摇摇头。

有一会没有人说话——谈话自有它的节奏,在上一句和下一句之间会有一个间隔,都不说话的时间如果超过了这一间隔(它作用于人的心理,每个人不尽相同,但大致可以用一个数值来表述,在这个数值内是正常的,过了这一数值就意味着冷场的开始,不过,特定情况下它可以延长,比如,片子里的某个片段确实吸引了大家,以及一阵谈话之后适度的休息沉默),就会让人感觉到:有一会没说话了。现在,就是这样。

这样的时候,大家都看着片子。

团你为什么取团这个名字,这个问题我想问你很久了,老是忘。老顾说。

对啊，我也想问的。老顾女友说。

团成一团啊。

这人真猥琐，你认真点。

就是团成一团。

费劲原名叫费建什么？老顾问。

费建业。

你们的名字都好土，怪不得都要改名字了。

我的不土吧。老顾说。

你的还不土?!

蝈蝈叫什么？费劲问。

贾新艺。

蝈蝈的还好，不过还是蝈蝈好听。

最土的要算是甘宁了。老顾说。

叫什么叫什么？

朱财发。

哈哈哈。

朱财发，感觉跟我们的甘宁完全没关系啊。

你们知道李江华原名叫什么吗？团说。

李江华不是他原名吗？

不是的。老顾说。

叫范秋雨。团说。

范秋雨——老顾女友慢慢地将它念出来，然后得出了结论

——挺好啊,秋雨,不挺好的吗?

朱财发改为甘宁那可以理解,可是李江华跟范秋雨有什么区别?还都是三个字,根本就没拉开距离。

下次问问他。

你以前的网名叫什么,我记得你以前不是这个名字。老顾女友问她,看了她一眼。

叫倩女幽魂。

其实你的原名就挺好,梁鲸,多好。

其实张早的也还好的。

张早跟我有什么区别。

有区别啊,人家——

张早这样一个人出去不行啊。团说,团看看她。

那你要他怎么样?费劲说。

我看你还是跟我吧,别跟张早了。团的语气又像是开玩笑,又像是认真的。

团你,张早不在,你怎么可以这样说。老顾说。

对啊,团你怎么可以说这种话呢,当心张早跟你绝交。老顾女友说。

张早有什么好的,张早真没什么好的。

哈哈,朋友就是用来相互诋毁的。费劲说。

一开始,她还含笑听着,后来,她就低下了头去。

人家才对你没兴趣,是不是啊?老顾女友问她。

她抬起头来笑笑。

团你这样是不行的。老顾又说。老顾说这句话大概带着意图（针对可能到来的冷场），但没起到什么作用，接下来他也不知道说什么，它就这么消失了。

有个人张了张嘴巴，终于没有说出话来。

有个人摘下眼镜，在T恤上擦拭着镜片。

压迫已经形成。对于感受到了这种冷场压迫的人（应该也会有感觉不到的人），有的可能在观察这种现象、在数秒，有的在等待着别人说，有的会暗暗用力想找出一点话来，可一时又很难找到合适的话。

冷场了。有人大概想这么说，但他又会觉得这并不能引发对话，终止冷场，也就没有说出口。

但迟早会有人说话的（不知道是哪一个？）。

这时，片子正好放完了。

她肯定还是自己想跟着他嘛。费劲说。

但她不能承认这一点。老顾说。

那肯定不能承认。

她跟着他有自愿的成分，但同时她也厌恶自己跟着他。

就是欲罢不能。团说。

老顾关了电视和DVD机。

她去了卫生间。她在马桶上坐下来，掏出手机。她听见小便的声音流出来。她拿着手机发起了呆。

爱情——她听见有人在说，是团的声音。

形势所逼啊。老顾说。

形势那也是人——后面听不清楚。

团你这是站着说话不腰疼。是老顾女友的声音。

它们又离她而去了。那些声音，有时很远，有时挺近，有时对她来说就只是声音，不及意思，有时她会怀着意愿去听上两句，有时则浑然不觉，之后又不知它们怎么会突然进入她的耳朵。当她从某处回过神来，这些出现在了她耳边的声音会让她感觉踏实，如果失去了它们，她也许会变得紧张，会竖起耳朵去听，仿佛他们正悄悄地说她什么、传递着眼神，虽说他们在说她她也无所谓。

也许她还在自言自语，在一个人的时候，在厕所里，这是她长久以来的习惯，她的嘴巴开始蠕动，她滔滔不绝地说着什么，她知道她在自言自语吗？她应该知道她在自言自语，只是她自己也不能控制，她停不下来了——

老顾女友站起来，走出客厅时带上了门。

老顾女友走到卫生间的门口，手指在门上轻轻地敲了两下。

没事吧？

没事。她在里面说。她冲了马桶，开了门。

没事吧。

没事的。

来，我带你去看看卧室。

都是宜家的。

搭配得真好看。

这个要三千多呢，比床还贵。

嗯。

就这个贵，其他都很便宜。

这是哪里买的？

是二手店买的，被老顾骂死了。

多少？

六百。

那还好啊。

对啊，其实不算贵，他们男的哪知道这些。

这个好看。

好看吧。

这样的我也想要一个。

这个好像是九百。

宜家的吗？

这个是淘宝的。

嗯。

走吧。

她们出了卧室。

当打开客厅的门，她们看到客厅里满是烟雾，烟雾之中，费劲的左手停在空中，离他的头约一尺之远，其中食指伸出，他的目光正对着这只食指,而他的嘴张开,露出上排的两颗门牙;老顾,举在嘴边的右手食指和中指之间夹着一根烟,他的嘴前方是一小股烟雾,这股烟雾要比四周的烟雾浓一些,他的另一只手,左手向左边伸开,高度低于肩膀,手臂的下半截,即手肘到手掌部分向身体方向弯过来,手掌摊开向上;背对着她们的蝈蝈身体前倾,右手前伸,几根手指几乎落入了方几中间的烟灰缸,烟灰缸里立着数个烟蒂;同样背对着的团,他的整个上半身后仰,他的双手托在腰上,双手似乎在把后仰着的身体尽量向前托。

他们正在热烈地说着什么。

老顾女友快步走到窗前,拉开一边的窗帘,推开沉重的玻璃窗。风从外面吹进来,吹得窗帘一角"哗"地一下扬起来。老顾女友把窗门拉回了一点。

他们在说"痛苦","痛苦是什么"。

她们坐下来。

你们也要说的。

啊!

这就是一个词——

团你这样说不行。

它不就是一个词吗?没有痛苦这个词,也就没有痛苦——

我说得是你的痛苦是什么,或者,你认为的痛苦是什么,你知道我的意思。

我们就是痛苦，人就是一个痛苦的形象。

想不到团你这么想，呵呵，老顾？

痛苦就是想要的得不到。

你想要什么，呵呵？

对啊，你想要什么？老顾女友说。

蝈蝈呢？

是一种感受——

房间里突然黑了。从窗外传来几个人声混在一起的尖叫。外面，也已黑成了一片。

又停电了。老顾女友在暗中说。

这个小区这一点不好，我们搬过来两个星期就已经停过两次电，这是第三次了。

眼睛适应黑暗之前那短暂的时刻是特别的，你睁着眼睛，但你什么都看不到。慢慢地，周围的一切在眼前显现出来。黑暗变得不那么黑了。

很快就会来的。老顾说。

你们了？

啊，我想想，我觉得痛苦，痛苦就是没有了自己。

你了。费劲对她说。

在黑暗中说话，声音压低着，声音温柔，有一种私密的气氛。

痛苦是——

出现了一小会沉默。她没有再说下去。

灯亮了。外面又传来了尖叫,这一次明显是欢快。

她低着头。她不会再说下去了。他们似乎都在避免看她。

费劲你了?老顾问。

我是那个问话的。

那不行那不行,你也要说。老顾女友说。

我好像还真没有过称得上是痛苦的,记忆中,我姐姐死时,我妈在那里哭,我知道这就是痛苦。

你还有姐姐啊。老顾女友说。

我有姐姐,读小学时就死了,我还有哥哥。

哥哥我知道。

痛苦——费劲停顿了一下说——就是相对于快乐的一种东西吧。

嗯。

回答这种问题,我们都是根据自己的经历,经历每个人不一样,可不管你的经历有多奇特、不可思议,你的经验别人会有共鸣,人类的经验是相通的。

嗯,所有的爱情就都相像,我们去K歌,那些情歌,好像就是在唱我们的爱情,特定的时候,它们会让我们出神、流泪、心有,心有,这话怎么说?

心有戚戚。蝈蝈说。

对。

这就是艺术，感染的力量，好的艺术带给人冲击。奇异的事情引发出奇异的事情。（歌德语）

嗯。

有一会大家没有说话，这沉默不是冷场。

我喜欢这些话。她突然说。

不过，重要的是语言。团说。

这就是我没法苟同你的地方了。老顾说着站起来。他去了卫生间。

呵呵。团在老顾身后笑。

蝈蝈举着手机，出了客厅。

你今天打过我三次电话了——蝈蝈在和一个什么人通话——你是谁，你是谁？你认识我吗，什么，你在说什么，我听不清楚，你今天打我三次电话了，你认识我吗，你听到了吗，你听得懂我的话吗，你打我好几次电话了，你打我干什么，你是谁，你知道我是谁吗，你认识我吗，你打错人了，别打这个电话了，你打错人了你知道吗，以后不要再打……

团掏出手机来看了一下。

1105号线最后一班几点？他问。

十一点，现在几点了？

十点四十，我得走了。团站起来。

我也走了。费劲说。

你们别这样啊，还早呢，再坐一会吧。

走了,明天还要上班。

你走吗?团问她。

她点点头,站起来。

要是一直这样该多好啊。老顾女友说着也只好站了起来。

蝈蝈,走了,别说了。

蝈蝈摁了电话,去客厅拿了他的包。

你们走了?老顾从卫生间里出来。

走了。

那好吧,我就不送你们出去了。

嗯,别送了。

这门怎么开?

老顾开了门。

装得不错不错。

不错吧不错吧。

再见。

再见。

再见再见。

第五章　但我不能追逐爱情

他们三个从电影院里出来，几乎并排地走在一起。外面已经是真正的夜晚，比两个小时前进去时夜多了，以及灯光在更夜的夜晚的变化。两个男的缩了缩身子，有点冷，女的用一只手翻起大衣的领子。走在最左边的男的说，"刚才睡着了会。"中间的男的说，"没注意。"女的说，"你看得这么专心，当然不会注意。""我喜欢看武侠片。"中间的男的说。"我也喜欢，昨天没睡好，累了。"另一个男的说。"真不明白你们，这种片还喜欢。"女的说。"挺好啊，我们有英雄情结嘛。"另一个男的说。"英雄情结？"女的口气显然对此还有话要说但没有说下去。

他们出了影院大门。两个人站住了点烟。女的点了两下点上了。男的点了几下都点不上。他看看风，然后走到墙角去点。女的说，"差劲。"吐出一口烟雾，白色的烟雾渐渐消散在夜色中。不抽烟的那个，刚才走在最左边的那个男的看着这些，微笑。他们现在站成了一个三角,刚才和他们一起从电影院里出来分布在他们周围的人都已经走远了,这个三角固定了一会,远端的那个在努力地点烟,东边的那个在顾自抽烟,另外那个侧身看着他们。就这么一会,给人一种仿佛会一直这样下去的感觉。现实是,它们随即就解体了,随即得你都来不及把那想法想清楚(这是什么情况?)。

沿着进香河路他们走着。进香河路两旁是高高的树木。你抬头去看……一片树叶正从路灯光里慢慢地飘下来。一路上不时有树叶飘落。飘在他们的头顶,飘在他们的身前、身后和左右两侧。当有一片就要落到其中一人脚前方的地面上时,他伸出脚去,比走路的伸要伸远一些,不是迫不及待的,正好用脚背接住了它。他弯下身子,将这片树叶拿在手上。

现在是秋天,飘落的树叶是黄色的。这里一地的黄叶。他在手上转动这一片。他的脚步有些慢下来。后面的一男一女走到了他身边,男的走过他时看看他手上的树叶,露出一丝讪笑。而且,感觉他想把这种态度传达给一起的女的。

"张早玩一下树叶,你干吗呀。"女的说。

进香河路长长。有时有人迎面走来,或者从后面超上他们,然后走远了,走到某一条小路上去,不见了。当他们远远走来,或者越走越远时,他们灰色、模糊,小小的,就像是一些出没在雾色、林间里的动物,他们确实是动物,他们是动物。一个人渐渐地走近了,从某一下起,他就像是从一团浓雾中走了出来，他的步态出现了，他的脸出现了。那是个疲惫的男人，他好疲惫，他走得好疲惫，他脸上的神情果然也疲惫。虽然疲惫，还是有一种年青，想象他的年青、在他不疲惫的时候，即使他现在很疲惫，那年青还是不错的。这样的一张脸似曾相识，好像早晚会遇见，就在今晚遇见了。这张脸没有注意到张早在看他，它到了张早身后，但它又像是还在张早面前，让张早有一种难忘，他回头。

在大部分时间里，在空空的一段路上只有他们三个在走。路灯光照着他们就像是在看着他们，他们带着各自的影子不断向前。他们也不说话，只有他们的走。那时候，在他们的前面和后面都看不到人，有也在远远的前面和远远的后面。在外边的四车道上，往来的车辆一直呼呼地开过，带着红色的光芒，突然，你注意到，它们全都停在了那里，红红的，静静的。那有点奇怪，那似乎是一个奇怪的地方，让人觉得有点超现实。里边，是一段大学的围墙，后来是一个公园的，后来是新村。经过新村门口时，有人从灯光暗淡的门洞下走出来，同时有人在走进去，看，他们走过彼此了。走进去的那条道路深深的样子，两边立着五六层高旧旧的房子，也像是一种动物，一种不动的动物，没有人知道它们什么时候会动。这样一想，觉得它们挺可怕的。

他们三个的联系还是很明显的，应该很容易看出他们是一起的。特别是在长长的一段只有他们三个人的路上。那还不明显吗？在人来人往的时候，是否他们会感到他们是一起的呢，他们有一种他们是一起的感受吗？

从旁边的饭馆里走出了七八个人来，把他们隔开了。

"张早。"另一个男的叫他。

张早看到他们走下了进香河路也就跟着走出去。在两头的红灯之间，在两头停着的汽车中间，有一段黑压压的车路空着。

他们在这段空着的车路上横着走去。在一头的车后部和另一头的车前方之间走。等他们过了大半的路程，两头的绿灯跳起，西面的汽车向他们很快地开来。他们加快脚步，赶在危险之前上到南边的人行道。

"为什么我们现在还在说马路呢，"张早说，"这不对啊。"

"应该叫车路。"另一个男的说。

"习惯了呗。"女的说。

张早停下来小便，另一个男的也停下来。他们对着草丛小便。女的在前面走，十几秒后，她回过头来，看了一眼，转过头去，停在原地，点一根烟。

在他们快要走到她身边时，她开始向前走去。

"我怎么点不上？"另一个男的说，他边走边点烟。

"差劲。"女的头也不回地说。

"去你妈的。"

他又点了两下。

"给我点一下。"他对前面说。

女的摘下烟,把拿着烟的手往背后一伸。男人拿过来,对着嘴里衔着的那根烟头,吸了两下,点上了。

"给。"

女的转过身来,拿住烟,放到嘴里。

"你挑着担,我牵着马,迎来日出,送走晚霞。"张早在他们后面轻轻地唱起了这支歌。

"大便坎坷成大道。"女的摘下她的烟,夹在手指间,晃着她这根夹着烟的手、晃着小脑袋大声唱。

"以前我把踏平坎坷听成了大便坎坷,一直奇怪呢,怎么可以这样啊。"那女的说。

"一番番春秋冬夏,一场场酸甜苦辣。"

他们三个都在唱,女的唱得最响,张早其次。另一个男的是在他们唱"一场场"时开始唱的,他的声音较轻,因此还像是他在唱他的。

"敢问路在何方,路在脚下。"

唱"敢问"的时候,三个人唱得一样响了。三个人的歌唱声合在了一起,成为合唱。在这清冷的夜晚,它很有感染,让你想要加入,想成为他们的一员,参与到他们的热情中去。

"敢问路在何方,路在脚下。"他们齐声把这一段又唱了一遍。

你也跟着他们唱,在你那里轻轻地唱。你在哪里?

然后他们安静了。这安静有点突然,因为刚才他们那么大声。

女的把烟蒂弹到路上,闪滚出火星。张早在走过仍然红着的烟蒂时,用鞋底碾灭了它。

"你们说,你们的英雄情结是什么东西?"走在最前面的女的停下步子,侧过身来,说。接着,又走去。

"跟破罐子破摔一样的东西。"张早说。

"要是这样,那还可以接受。"女的说。

"我也不是那么有吧。"另一个男的说。

他们又安静了下来,安静地走过一段路。一路上,张早慢慢地踢着一只烟盒,他把它踢到前面的某个地方,他仿佛是恰巧地走到了烟盒那里,又把它踢向前方,就这样踢了七八次,终于有一次它被踢到了路边。他没有走向路边去踢它。

他们在一个四岔路口停下来,等待着对面的绿灯跳起。起了雾,红灯和绿灯雾茫茫的。

几乎是同时的,他们注意到(张早正想要提醒另外两个人,另外那个男的冲前方扬扬头,鼻孔里发出一声"嗯",示意女的看),在马路对面的红灯下面,有两个人,一男一女,相对站立,挥舞着他们的四只手。隔着一条斑马线,听不到他们争吵的声音,只看到他们手上的动作。在雾中,哪怕不是在雾中,这些手的动作都很吸引目光,雾使它们显得朦胧,去除了可能分散人们注意力的其他东西,现在,他们就像是在舞台上,他们在表演。

三个人远远地看着，沉浸在了欣赏中。这两个人的手做出了各种动作，忽左忽右，忽上忽下，层出不穷。好像又遵循着某种规律。

后来，他们才觉得他们手上的动作似乎多了点，多得让人有点奇怪，不太像是平常人争吵时的样子。只是这样疑惑了一下，这疑惑迅速经过，没有停留，没有发展。

绿灯跳起，向着这两个人走去。这两个人还停在那里挥动着他们的四只手。

三个人越走越近了，但那里仍然只有手的动作，听不到声音。是耳朵出问题了吗？只是一个转瞬即逝的念头。在他们耳边出现了汽车飞快地碾压过路面的声音、停在一旁的汽车发动机的噗噗声、风声、街头的各种乱七八糟莫名其妙的声音。

然后，那一时刻到来了。或迟或早，在这一时刻里，他们顿时想到了那是两个哑巴，是两个哑巴在吵架。原来如此。

这么简单的情况，怎么一直就没有想到呢？

他们带着微笑看着这两个哑巴走去，走到这两个哑巴的身旁。另外那个男的停下了脚步，其他两人也停下来，一起站着看着那对哑巴。

他们确实是在吵架，除了手、手指、手指不时碰触脸部的动作传递出一种激烈的感觉外，脸上的表情也表明他们吵得很厉害，他们还大口地喘气。他们无声而激烈。让人目不转睛。

有时候它们突然停下来了，让看着它们的人屏住了一口气。

接着它们又动了起来,看的人才又重新恢复了呼吸。

有人从他们身后走过,看看他们。回头又看看他们。他们是五个人,五个人都无声地站立,其中三个看着另外两个,另外两个挥动着手。

这两个哑巴一直没有来看他们三个。

"走了。"女的说。

张早摸摸自己的脑袋。他们离开了哑巴。

走了几步,张早回头去看,两个哑巴已经不见了。他做出了一个想要和前面的那两人说话的动作,手提起来,嘴巴张开来,但只发出了一声"咿",他就把手放了下来。他笑笑。

"家里还有酒吗?"女的问男的。

"还有两瓶。"

他们走过亮着灯光的超市,从小区的后门进去,来到黑黑的楼道口,男的打开楼道的门,进去后他顿了一下脚,灯就亮了。

他们上到五楼。男的在口袋里掏钥匙。摸了裤袋,摸了夹克的口袋,又拍了拍裤子后面的那两个袋。

"操,钥匙丢了。"

"你那裤袋太浅,肯定丢在电影院里了。"女的说。

女的从包里拿出钥匙,打开门。

男的还在身上摸索。

客厅里开着电视,他们坐在电视机对过的沙发上,喝酒,抽烟。酒在电视机与沙发之间的方几上、他们欠身就能拿到。已经在搪瓷锅里热过了,热乎乎的,微甜。他们握着暖和的杯子喝着。这会喝起来一定很舒服。

"我还是喜欢喝黄酒。"另一个男的说。

"嗯,冷天喝的酒。"张早说。

"对,天气热还是喝啤酒。"

"你们哪来这么多讲究?"女的说。

"你是没钱。"男的说。

"你们很有钱吗?"

"我们肯定要比你好点,张早也有份工资。"

"你们是运气好。"

"要付出代价的。"张早说。

"有什么代价呢,你不是不用去上班吗?"女的问。

"我要去送礼,要不然不可能一直不去。"

"张早,你这就矫情了,送个礼算什么,送礼很正常,我也送。"男的说。

"对我来说还是有点难。"

"那你有问题,我以前还叫我们单位领导一起去唱过歌,叫过小姐,你只要跟他们做过这个,就什么都好说了。"

"是这样吗?"女的问。

"这个我知道,最好是一起嫖个娼,但是你要让他们跟你一起去，还是有点难的。"

"肯定是这样，从此那些屌人就跟我称兄道弟了。"男的说。

"那你要想办法，"男的说着站起来，"你不会连这点办法都想不出来吧。"他边走边说。

"办法倒也不是——"张早没有说下去。

男的走进了卫生间，拉上门。

"你在干吗？"女的问。

"什么干吗？我大便，别烦。"

"这人真是的，谁烦你了。"女的小声说。

电视机里在放一部宫廷剧。张早和女的一起看着屏幕。

"张早，我觉得，你对Green太紧了，你太用力。"女的转过身子，看着张早。

"我有太紧吗？还好吧，你上次也说到过，你怎么会这样想呢？"张早看着女的。

"你还不承认？比如，在宁波那次，Green跟我们在一起根本就心神不定。"

"哦，或许我是有点用力了，但这是相互的。"

"这是相互的，可是Green，我觉得她这样，我也说不好，反正就是觉得你有点用力。"

"你觉得这都取决于我？"

"也取决于她，但你是男的，你是张早啊。"

"其实我很依恋Green，怎么说呢，我跟着她跟着我这么多年,我对她有一种我塑造了她的感情,这种感情挺复杂的吧。"

"所以你就这么用力了。"

"这一切都是慢慢来的,现在就成了一个习惯,如果换一个女的,我就可能完全不是这样。"

"这我知道。"

"其实以前我也叫她去找过男朋友的,她后来又回来了。"

"嗯。我还觉得,你应该来一次决裂。"女的说。

"跟什么呢?"

"比如,和你那个文学小团体。"

"我没觉得我属于它们,其实我在哪里都很边缘,我是边缘的边缘,哈哈。"

"但别人就是会觉得你跟他们是一起的。"

"那就让他们这样觉得吧,特意,我就不去做这种事了,毕竟他们还是挺认同你的写作的。"

"哦。"

他们一起看着电视有十几秒。

"你是觉得我是在飘着写作?"张早问。

"也不是飘着了,但或许真有那么点飘着的东西。"

"说说看。"

"就是觉得你写的那些人物、那些事实,或多或少有一种你的理想状态,你在美化。"

"不真实?"

"也不是,我想想,可能你这样也是一种真实,你肯定会说这是你的方法,但这是不是其实你是在回避呢?"

"应该不是吧,就是自然而然把它写成了这样,跟我的性格或许有关系。"

"好,说到性格,我们就是想看到你显示另外一面,我们总是看到你这一面,但其实你肯定还有另外一面,你在 Green 那里肯定有另外一面,那,你在小说里展示的也总是这一面,为什么不能通过一些事情展示出你另外一面呢。"

"你说得也不是没有道理,但是小说毕竟——"

"我们就是想看到你那些血淋淋的东西,你不可能没有,是吧?"

"哦,我们是朋友,哪会向你们显示血淋淋的东西。"

"所以,想在你小说里看到。"

"好吧,我努力。"

"这也是决裂。"

"说什么呢?"另一个男的来到了他们身边。

"我让张早决裂一次。"

"决裂什么?"

"随便什么,反正就是跟一个习惯、一个你根深蒂固的东西来一次决裂。"

"嗯,我先睡觉了,不舒服。"男的说。

"我也睡了。"张早说。

"我再喝会。"女的说。

张早起来时快中午了。他去卫生间,另一个男的正好开门进来。男的说,他去了趟电影院。

"钥匙找到了吗?"

"没有。"

男的打开另一扇房间的门。女的还在睡。

"起来了,起来了,做饭。"男的说。

"钥匙找到吗?"女的问。

"找不到,丢了。"男的说。

"哦。"

"起来,起来。"

男的在拍被子。

"讨厌。"女的说。

后来,男的掩上门出来了,问洗漱、小便完了的张早,"睡得好吗?"

"挺好的,我睡眠一直很好,很能睡。"

"你这是福气。"

"对啊。"

"我就不能多睡,要是看不到白天,我会有罪恶感,不像她。"

"说什么呢,说什么呢?"女的在房间里说。

"Green 来吗？"男的问张早。

两人在沙发上坐下来。

"她还定不下来，肯定是想来的，但明天有个北京的朋友要来找她，可能要在她那里住一晚，最近她又很忙，跟着一个团体一起在做一个艺术项目。"

"什么艺术项目？"女的从房间里出来，走向卫生间。

"我也不太清楚，我也有半个多月没见到她了。"

"怎么了？"女的问。

"没怎么，"张早提高声音说，"她说她很忙，我在的话，她就想跟我在一起，不想做事了，她妈妈说不定也会来伏击，那我就离开一阵。"

女的打开卫生间里的水龙头，水流下来，流到落水口外层金属圆环的边缘，从两边向前面分流，在前端汇合后细细笔直的一行插流入落水口。中间形成一个椭圆。

"昨天晚上，我还想了想你们的事情。"女的看着那个圆，说。

"我觉得张早，你这样真不是办法。"她取下毛巾，头朝着身后客厅的方向。

"我知道。"传过来张早的声音。

她这才回过头来，把毛巾放入水流中。

"我看你还是回家吧。"另一个男的说。

女的用毛巾接了水，敷到脸上。

"真回不去了。"张早说。

"有什么回不去的呢?"男的说。

女的露出脸来,说,"你们听我说啊,我觉得张早,你就应该在上海租个房子住下来。"

她双手捧着毛巾,在等待着听到回答。

"是啊,我也这么想。"张早说。

她绞了绞毛巾。

"让 Green 住到你那里去,那也不会碰到她妈妈了,不是说你老婆答应你明年三月份就离婚吗,你就消失到明年三月份。"

说完,她用绞干的毛巾擦脸。

"很难消失,有小孩。"

她把毛巾挂回去。

"张早,你就是想两边都做好人,你这样肯定不行的。"她拿起牙膏和牙刷,边说边把一截白白的牙膏挤出来,挤到牙刷上。

她开始刷牙。

"有什么办法呢。"

"我觉得你还是跟 Green 分了,让她去找个男的。"男的说。

"她不想找的,最后还是分不了。"张早说。

"什么叫她不想找的,你不能这样说,你跟她分了,就会有人找她,说不定很快就跟别人在一起了。"

"什么话啊,人家有感情,是想分就能分得了的吗?"女的嘴里含着牙膏水,口齿有点不清。

"什么感情不感情的,感情是什么屌东西。"

女的把嘴里的牙膏水吐入水槽,说,"就是屌东西,哼!"

"你们就知道感情用事,是不会有好下场的。"说着,那男的也笑了。

饭后,他们坐在沙发上,喝工夫茶。坐在中间的男的在换台。另外两个人看着电视屏幕。

"看个电影。"男的说。

"好啊。"张早说。

男的在电影点播页面里找电影,一页页地翻下去。

"看这个吧。"

"这个会好看吗?"女的说。

"不知道。"

男的继续翻页。

"这个我看过,还不错。"男的说。

"看过的,挺好的。"张早说。

"这个也可以。"男的说。

"看过。"张早说。

"这个看过吗?"

"看过。"

"这个谁没看过。"女的说。

男的又翻了好一会,翻完了,又从头翻去。

"看看这个。"

"可以啊。"张早说。

他们看了一会。

"这片确实不好看。"张早说。

"好难看。"女的说。

"是挺难看的,那再换。"男的说。

他继续翻页。

"我喜欢这个片里的女演员,就这女的,嘴巴大,我觉得特别性感。"

"嗯,不错的,我喜欢贾木许《天堂陌影》里的那个女的,淡淡的,酷酷的,我就喜欢这种,汤唯也挺好的。"

"汤唯好看吗?你觉得汤唯好看吗?"男的问女的。

"好看啊,当然好看。"女的说。

"不好看。"男的说,继续翻。

"这个不知道怎么样?"

"这个应该不错。"张早说。

"看看呗。"女的说。

他们看了一下午的电影,看了两个。

北方已经下起了大雪。室外,一只淘气的小羊在舔钢管。

我们和小羊一样都有一条舌头,这冰凉的感受在舌尖,好像曾经我也想这么干,这提醒了我很有可能也会这么干,但我从来没这么干过,我怎么就没干过呢?看了这则新闻之后我应该不会这么去干了,因为小羊淡红的舌头在钢管上冻住了。它"喵喵"地在那里叫,它的叫声好温柔,但我们都知道它很痛苦,它表达痛苦的方式在我们人类听来是温柔的、哀怨的。我们该怎么帮助它?主人发现后,既然他是主人他应该要比我们有办法,他用嘴冲着钢管呵气,这要到什么时候?舌头就快要被冻坏了呀,他拿来了一把菜刀,好像也想不到别的什么好的办法了。他贴着钢管割啊割。就像是割在我们的舌头上,身体都有了反应,小腿那里微微颤抖了一下。小羊叫不出来了。主人终于把它的舌头和钢管分离了开来。电视上说小羊将有一段时间吃不了草,只能喂点奶。

在新村楼下的小饭馆里,他们在等待酒菜的上来。电视机高高地吊在天花板下面,三人都从各自的位置上向着它侧身,仰头看着。

"虽然北方这么早就下起了雪,其实那边不冷。"男的说。

"你又没待过,有什么发言权啊。"女的说。

"你待过?"男的说。

"我待过啊。"

"怎么样?"男的问。

"当然很好,房间里有暖气,从外面进来,脱去大衣,啊,好想念。"

"你这样说，让我们有一种身临其境，就好像你是从一个森林里出来。"张早说。

"嗯。"

"南方的冷是你觉得它并不怎么冷，突然，你又觉得它怎么会这么冷了，你就会有种上当受骗的感觉。"男的说。

"就是阴冷，森冷，冷到骨子里的那种。"张早说。

"我们是住惯了不觉得什么，北方人刚来南方确实受不了。"男的说。

"几个人，坐在热炕上，喝着热酒，外面是呼呼的北风和大雪，肯定很惬意。"张早说。

"吴晨骏有首诗，我还挺喜欢的。"男的说。

"嗯。"张早说。他猜到了他的朋友要说的是那首诗。

"是这样：

"北风在吹啊，雪也在下

"我们没见啊，很久没见

"记得多年前啊，我和你畅饮

"你的木匠活啊，真是世间绝妙

"这首就给我一种北方冬天温暖的感觉，不过吴晨骏写的或许是南方的冬天。"男的说。

"木匠活像是指性爱。"张早说。

"好像古代是有这样的说法。"

他们的酒菜上来了。张早给他们倒了酒。女的喝下去一大口。
"好想去北方过冬啊,大雁才往南方飞。"女的说。
他们和她碰了一下酒杯。

公交站牌下不知道用什么材料做的(铝合金?)亮闪闪有很多个小孔的长凳中间坐着一个女孩,当张早走到她身旁时,她侧抬起头看了张早一眼。在这之前,她好像在沉思?张早怎么会有这样的感觉呢?感觉她是在她的沉思中抬起头来,她看他时她还在她的沉思中。她回过头去,看着正前方,然后看着自己的脚尖。是张早喜欢的类型。有点像 Green,穿着的风格就像,黄褐色的风衣,灰色的围巾,下面是蓝色的短裙和黑色连裤袜,跑鞋——从来他就喜欢穿跑鞋的女孩,那样的女孩穿的皮鞋也像是一种跑鞋……但这样说是说不清楚她是一个怎样的女孩的,好像真的很难说清楚他喜欢的女孩到底是什么样,只有一起看到了才能向你们指出来,"这就是我喜欢的。"

她要比 Green 好看点,更瘦一点,身高两人差不多,一米六几的样子。在很多人眼里,Green 肯定不是长得好看的那种,但他一直觉得 Green 挺好看的。从他第一眼看到她,他就觉得她挺好看的。他觉得她现在更好看了。好像那些以前觉得她不好看的,现在也觉得她好看了。这说明了什么?

或者说风采,Green 和眼前的这个女孩都有一种表面上淡淡、酷酷的风采,他的某个前女友有一种随时等待着别人来爱不是任何人女朋友的风采他不喜欢这风采但那确实不失为是一种风采，他朋友的这个女朋友有一种"我只想要来上一杯"的风采，你有一种本宇宙超级无敌热情好奇忙少女傻大姐的风采，她有一种掉落牙齿往肚里吞的风采，还有她，已经嫁人了一屋子住着的都是他丈夫的那些混得不好逐渐理所当然的亲戚和他们的孩子她和她自己的小孩则挤在一个小小的角落里听上去太像是虚构的风采……这样一些风采到了六十岁也不会变的。而那些徒有漂亮脸蛋的女孩，时间剥夺了她们的漂亮她们的脸上迟早什么也不会剩下。

张早不时看看那女孩。她也感到了他对她的注意。在他们之间终于产生了一种无声的交流。这让他们都有点紧张。张早就待在那种紧张又美好的荡漾里。好像这样过去了很久，好像又是那么的短暂。

张早想到了公交车，想到公交车后他就有点焦虑，他希望公交车慢点来，他想多点时间待在她身边。

她突然做了一个动作，她偏了一下头，把溜出耳边的一溜头发用手扫回到鬓角。仿佛是顺便地她看了张早一眼。接着，她又看着她的脚尖。

张早想和他的两个朋友说些什么，比如谈谈写作，让她听到，来加深她对他的印象，看上去她应该是个对语言和艺术感兴趣的女孩。但他又觉得这样好傻，他做不了这种事。

车子还是来了，他最后着重地看了她一眼，跟着他的两个朋友上了车。前排两边的三人位都空着。张早在他两个朋友对面边上的空位坐下来。车子向前开去。张早转过身去看着外面的女孩。他有点失落没有跟她说上话,也许可以要到她的联系方式的。

她独自坐在长凳上,那里再没有其他人了,她仍然待在那个看着脚尖的姿势里,脸小小的,一副等着人来爱的样子。

"刚才那女——"

他没有说下去。他不会再遇到她了。

车厢里的灯光暗暗的,在暗暗的路上,车厢里也暗暗的。当车子来到一个热闹的街区时,两旁的灯光照进来,照得车厢里亮亮的。在这样一路交替出现的明暗里,他们坐着。

十几年前,张早来找他的这个朋友时,只有他们两个男的坐公交车。这样有好多年。后来,张早带了 Green 来找他,他们是两男一女了。再后来,他也有了女朋友,但不是现在的这个,张早带着 Green 来时,是两男两女四个人。这样的组合说不定还会变下去。变成两男一女,女的是张早的女朋友 Green,或者是他的新的女朋友。变成两男。变成两男两女,那时候,其中的女的换了,换了某一个,或者两个都换了也有可能吧。

他侧身看看车厢后面。那里没几个人。他们中有人也看看他,随即转移了目光。车厢里很安静。除去这个季节的夜晚的关系,是不是在一个小的空间里,人们就会安静点呢;而到了一个大的地方，人们就会想要高声歌唱，想要喊出来。

想象一片草原，草原上的人们在窃窃私语，这太怪异了。那里的人们就应该载歌载舞，大声歌唱。

但是大山里的农民不一定大嗓门，他们好像更多是沉默寡言。他们在林间围着一团篝火，听着树枝在火中发出的"噼里啪啦"声，久久都没有人说话。那是因为大山压迫着他们。山高高耸立，太像是一群怪物了。

是不是对于在海边长大的人来说，海的这种压迫也是非常显而易见的。大山对人的压迫好像更好想象一些，它不像海和草原是平面的，还可能这是因为张早是在山中长大的缘故。海当然也是挺让人恐惧的，一片墨绿色无底的平静。感觉草原比海和山都要好些，它既不是立着，也不是深不见底，但也许对于在草原长大的人来说，也是别有一番恐惧吧。会迷路？想不出来。

反正在那些大的、一望无际的东西面前，人都会被震慑一下。

是不是有时对着这些大东西，反而会很想大喊大叫呢？草原上载歌载舞的心情就是这样来的吗？

大野洋子在纽约大都会博物馆（？）有个表演，她站在白色大厅里，对着人群，对着麦克风，叫了好久，叫得抑扬顿挫，听起来就挺好听的。大野洋子到底是叫大野洋子呢还是小野洋子，大野洋子、小野洋子是同一个人吗？还是她们是一对姐妹？大野洋子，小野洋子，听上去很像是一对姐妹，也像是母女。

另外两个名字里有"小"和"大"的人，有"小"的是他的祖父，有"大"的是他祖父的哥哥。他们都已经死了。他们这一代人都快死光了好像。好像，在他小时候，他们就像他们后来那么老了。奇怪的记忆。

夏天的夜晚和秋天的夜晚对人的影响又是不一样的，秋天的夜晚让人沉静，而夏夜更容易躁动。季节悄悄地塑造着人，一年一年。人们根据季节做出反应，不仅是穿着，还有情绪。

不管人们能改造大自然到什么程度，我们还是活在它们之中，它们是那么大，有很多的莫名其妙，你很难不被它们感染，有时，它们甚至会美得让你想死。

和 Green 一起坐着一个朋友的汽车行经在清新山道上，听着一个他们都喜欢的女歌手的歌，每一个都尤其好听，想翻来覆去听正在听着的这一个，其实下一个也好听，有不同的好听，可在听它时又想要一直听它不想要听下一个了。山道两旁一边是山岩峭壁，一边是一条宽宽的溪流。秋天，阳光下面，溪流中的几处树啊草啊还有水波在闪闪发光，就像是在梦中所见。小平，你要哭出来。

他抬起头来，看看坐在对面的他的朋友。他们在轻声地交谈着什么，男的用确凿的语气快速说出一句话来，女的点点头。他觉得他们还是挺合适的。

公交车进入了一个明亮的街区,两边店铺外面人来人往。男的对张早说,"到了。"他站了起来。

车子停下来。他们下了车。前方是一家大超市。

"去买酒。"男的说,"你不是冷吗,就在这里买条棉毛裤。"

"好啊。"张早说。

上到超市二楼,张早就和他的两个朋友分开了。买棉毛裤的空间在二楼口头。张早在那里挑了挑,挑了一条灰色的中号。他看价格时,男的走到他身旁,说,"你在这里。"

"你直接穿上它,有条形码那东西吗?"

张早找了找,说,"应该没有。"

"那你就去试衣间穿上,你拿一条裤子,包在裤子里。"

张早拿了条裤子,把棉毛裤裹在裤子里,走进试衣间。

他把自己的长裤脱下,穿上棉毛裤,然后把自己的长裤穿上。他并没有就出去,他等了一会,就好像算上了把那条带进来试穿的长裤试穿后脱下来的时间。

他打开试衣间的门,走到他刚才拿长裤的地方,把长裤放回原处。

他穿行在超市里一个个分隔的区间,每个区间卖的东西是不一样的,他从不同分类的货物中间走过,他在寻找买酒的地方,寻找他的两个朋友。他有一种高兴,想快点见到他们。他看见了他们。他就慢慢地走着,微微克制着不让自己在他们面前表露出那份兴奋。

"不错吧。"男的看见他说。

"暖和多了。"

"我让张早偷了条棉毛裤。"男的对正在挑红酒的女的说。

女的看看张早的下半身。

"穿好了。"张早说。

"她和金枝经常这样干。"男的对张早说。

"你偷过最贵的是什么?"张早问女的。

"好像是无印良品的一只皮夹。"

"Green 也偷过,还被抓住了。"

"啊,Green 也偷啊。"

"就是被你感染的。"

"那她怎么办的?"

"那天我不在,她后来就只好把那东西买下了,好像还不便宜。"

"我也被抓过,"女的说,"这个有点贵,倒是挺好喝的。"

她拿了旁边 30 多元一瓶的。

"这太差了,还是买这个吧,我来买,反正我省了棉毛裤的钱。"

他们在那里又挑了一会,最终拿了两瓶 50 多元、就是刚才女的说是挺好喝的那种。

不过,付钱时,男的没有让张早出钱。

金枝家在八楼。他们坐电梯上去。电梯在三楼突然停住了，灯亮着。

"怎么回事？"

"什么破电梯。"

男的按了按呼叫面板上的数字。摘下电梯里的电话机的听筒，那里有个号码，打这个号码就可以求助。他把话筒拿到耳边。

"没的声音。"男的说。他又把它搁回去。

"以前没有这样过。"女的说。

"如果它下降，正确应该是抓住这个，半蹲，好像是这样。"张早说。

"掉下去就惨了，不死也得脱层皮，听说有人进电梯前在看手机，头进了电梯，电梯门猛地关上夹着这个头就上去了，电梯里的人疯了。"男的说。

"那是要疯掉了。"张早说。他想象着这情景。他问自己，在这种情况下他会怎样？应该会闭上眼睛。但这是什么人间啊？

可以肯定，今后一段时间里，每次他进电梯，他都会提防着不让自己的头先进去。

"别说得这么可怕好不好？"女的说。

"是真的。"男的说。

他们查看着电梯内部，又有人按了按呼叫面板。

"你打一下金枝的电话,让她找一下小区保安。"男的对女的说。

女的拿出手机。

女的打通了手机。

电梯动了,开始上升。

"哦,没事了,好了,我们就到了。"女的对手机那一头说。

"刚才很危险,你们家玉叶呢?"男的对金枝说。

"电梯卡住了,以前没有这样过的。"女的说。

"他睡觉了,身体不舒服。以后你们不要坐左边那部,以前也有过的,以前你运气好啊,可能坐的一直是右边那部,左边那部电梯好像经常卡住的。"

"有掉下去过吗?"张早问。

"那好像没有。"

他们坐下来,女的拿过来一瓶酒,打开来。男的说,"你怎么开了金枝家的酒?"女的去看,说,"啊,我怎么会拿错呢?它在我手边,我就拿了起来。"金枝说,"没关系啊,没关系啊,喝了吧,这酒不错的。"

女的给自己的杯子里倒了点,喝了一口,说,"好酒,肯定比我们买的好。"

"你喝得出好坏吗?"张早问。

"肯定喝得出,这个酒肯定达到了那个好,至于有多好,我也说不上来，但它肯定达到了那个好。"女的说。

"那个呢，达到了你说的那个好了吗？"张早指指面前方几上他们买的那两瓶酒。

"那个还不能说达到了那个好，不过也能喝。"

等后来他们把金枝家的这瓶喝完了，再喝他们带来的酒时，女的感叹说，这好坏太明显了。张早喝完杯中金枝家的酒，倒上另一瓶里的，喝了一口。他虽然平时不喝酒、不会喝酒，但他觉得他也能感觉到这酒确实不能和刚才喝的比。

"应该先喝不太好的，再喝好的，这样——"张早说。

"不对，应该先喝好的，再喝不好的，喝到后来，就无所谓好不好了。"

"这个说法我同意，你不喝酒的就不知道这个了。"男的说。

"如果 Green 明天来，明天我们就可以一起四方巷看看。"女的说。

"四方巷是什么地方？"张早问。

"一个卖衣服的二手市场。"男的说。

"你叫 Green 来啊，你不是回了上海也不知道住哪里去吗，你们可以在南京多待几天。"女的说。

"老是听你们说起 Green，我也很想见见。"金枝说。

"叫 Green 明天来。"女的说。

"我再问问。"张早说。

他们突然就打了起来,在金枝家的客厅里打了起来。女的喝多了,男的喝的也不少,但没女的多,可能喝的量不比女的少,但对他来说还没多到女的那个喝多的程度。

这一切发生得突然,对张早和金枝来说是突然,对两个当事人也是突然。他突然听到他狠狠地骂出一句话来,骂女的。女的毫不犹豫地回骂(不喝多时好像不会这样)。他站起来,骂得更狠了,趁着这狠,一拳打在女的身上。张早和金枝都有点反应不过来,他们看了看对方,好像在询问"这是怎么回事,我们该怎么办?"然后就看到他们两个扭打在了一起。

张早站起来,试图将他们分开。

金枝的男朋友听到声音也从房间里出来了。张早注意到他穿着斑马条纹的睡衣睡裤。

在一团混乱中,处在两个朋友中间的张早被推了一下,他慢慢地倒了下去。他发觉他根本无法阻止这种倒下,他感受着这倒下,它慢慢地,但就是没有力量让自己不倒。他倒在了墙角,完成了这一过程。然后,他爬起来。

女的抓起酒瓶,张早及时把酒瓶夺下(他感到自己的眼明手快)。女的抓起手机,她举在空中似乎有一会迟疑,不知道她是想去砸那男的,还是想砸的时候又改变了主意,她最终把它砸在了地上。手机在地上分裂开来,不知道还能不能用。

这一切就好像是在演戏,一群小孩子在演戏。每个人多少都有一种在演戏的感觉。

接下来的情节是他演戏似的扬长而去,她演戏似的坐下来哭泣。

张早在犹豫。他是跟着他的朋友走呢,还是和她们待在一起,安慰一下他朋友的女朋友。但在这种情况下,他想他明天肯定是要走了,他不想让自己太累,他得回到睡觉的地方去。

他决定和她们告别。他不知道他这样做对不对?他经常会在面临选择的时候无所适从,他总是想做一个在当时的情况下对的选择。但好像很多时候都感觉不到对或不对,选择这样好像也对,选择那样好像也没错,也就是说,不管选择哪样都有可能不对。他讨厌选择。

而一旦他做出决定,他就不想再去改变。

他下了楼,打他朋友的手机,没接。

他走到小区外面,一眼就看到他朋友在左边空空的街道上走着,走在暗暗的路灯光下,走得很快。张早没有招呼他,在这种时候隔着这么远的距离大声招呼当然不妥。他默默跟上去。他们之间大概有两百米的距离。

他的朋友在前方路口向左拐弯不见了。

他走到路口,重又找到他的朋友。他现在离他朋友更近了点。

他的朋友在前头大步走着,他的步伐比平时更大更快,他的衣服向两边敞开着。

他们两个都快步走着，他们越来越近了。

张早走到他朋友身后将近一米的距离——这是有讲究的，这讲究已经成了本能，太远，显得迫切，过于近就像是在开玩笑、吓他的朋友，都和当前处境下应有的气氛不符——而这个距离是合适的，他喊出他朋友的名字。

他的朋友回过头来——他明显不知道后面有人跟着，但这样的意外现在对他产生不了影响，他只是声音要比平时低沉地说，"你来了。"

他们不再说话，到了下一个路口，他的朋友拦下一辆的，他们上了车。

"你现在知道我的痛苦了吧。"男的打开门，说。

张早无语，一时不知道说什么。上次在宁波时，他已经有所察觉，现在就明确了。但他不知道两个男的就此有什么好说的。他知道他的朋友也是这样的人。

但他们还是得说些什么。

他问他的朋友："那你怎么办呢？"

"每次一喝多就这样，这样下去，迟早弄死她。"

"还是得想个办法，她现在也没地方可去吧？"

"她没地方可去。"

"那确实挺麻烦的。"

他们站在客厅里说话。这样站着就不是一场深入的谈话应有的姿势,这是一副随时要结束谈话的样子。他们本就无意来一场"谈心"。张早的朋友还在激动中,在这种激动的驱使下,他或许想说说话,但如果他真的和张早"推心置腹",当他清醒过来时,他会别扭的。张早了解他朋友的这一性格,他不想表现出一副倾听的样子,诱导他的朋友说下去。他等待着他的朋友结束这一谈话,这应该由对方来结束,他知道对方会。

"不说了,也没什么可说的,睡觉了。"他的朋友说。

"好,睡觉。"

从窗外传来一个女人叫床的声音,像抽泣,即使在叫得最响时也显得遥远和柔和,仿佛外面是一个空荡的院子,确实是,一个温暖的旷野,难道不是吗?张早偏着耳朵听着,像是在思索一样,一直听着,跟随着它的节奏,完全听进去了,感觉自己就是那女人,在轻轻扭动;感觉自己是一根鸡巴,在她的叫声里。

他握着自己的阴茎,睡着了。

他突然醒了过来,听到他朋友的女朋友在叫他名字,这叫声是从外面楼下传来的,是一个从低处送上来的声音。他当然是被她的叫声叫醒的。她已经叫了他有几声了吧,不知道他是在她叫到第几声时醒来的。

他起来,开灯,推开窗户,把头探出窗外,好像不知道谁在叫他似的。

"张早,帮我开门。"她的声音。张早没有看到人。

张早穿好毛衣和棉毛裤,走出房间,打开防盗门。他在客厅里等着。

女的进来。

"没事吧?"他问。

"没事。"

"那我睡了。"

"嗯。"

他小了个便,然后回了房间。在这期间,女的一直呆坐在客厅里。

张早躺下来,睡不着。

后来,他听到客厅里传来了窸窸窣窣的声音伴随着好像是脚步的移动声,这声音响了好久,不知道有多久,但他根本想不出来这是什么声音。他知道她一定是在做什么,但不知道她到底在做什么,而且做了那么久。

这声音终于过去了,张早也迷迷糊糊地睡着了。

他在一团包括了摔东西、尖叫的吵闹声中醒过来。还是深夜。很明显,他们又打起来了。他穿好毛衣和棉毛裤,走出房间。

张早站在窗口,慢慢把外衣穿上。外面,在两幢大楼之间,是一片无人的院子。他好像第一次这样清清楚楚地看着一片院子。

他穿上了外衣。

对面楼房的五楼与四楼之间的通风口出现了一个人，他的正面、上半身，然后他转身，背部沿着楼梯下去了。在四楼往三楼的楼梯上出现他身体的中间部分，随着下降，他身体的上面部分一级级出现，但并没有出现一个全身，从这段楼梯中间的某个地方开始，下面部分被外墙挡住了。他往三楼走去，然后二楼，一楼。等待着底楼楼洞一扇绿色的门推开来，一个人走出来。这个人走入了院子。

等那人走出张早的视野，张早回身，向房间外走去。

他的朋友从另外一个房间里出来。

张早对他说，"那我等会就走了。"

男的点点头。

十几分钟后，两人一起出了门。出门前，张早看看躺在沙发上的女的（她面朝墙壁躺着，被子盖到了脸），以示和她告别。

清冷的中午，他们在小区里走着。走得很近，几乎是肩并肩。但没有说话。一辆汽车慢慢朝他们开来，快开到他们面前时，他们分别走向了车的两边。他走向车的这一边，他走向车的那一边。他们在车的两边慢慢向前走着，车子慢慢开在他们中间。在他们走过车子之后，也就是在车子开过他们之后，他们又走到了一起，肩并肩。

走到小区大门口时，外面的热闹扑面而来：来来往往的人和车，还有气味。热闹是有气味的，就像清冷是有气味的。

他们走进一家小饭店,点了两碗牛肉面。

张早在车窗后面看着他的朋友摇晃着走远了。每个人都得回到他的问题中去,每个人的问题他(她)都要自己去面对。好像他的朋友在走向一个问题。这个问题在前方等着他,它像一只怪兽张着嘴巴,他的朋友慢慢地走进了这张嘴,然后它闭上,将他吞下去。

公交车将张早带到了南京站。他买了四点十九分去上海的动车票。他要在车站里等上将近两个小时。他找了个位置坐下来。要换成是平时,他会享受这段等待的时光。接下来,他会看看左右,仿佛是在告诉周围的人们,他要干什么了。他拿出一本书,他看书。在这里看书是最容易看得进去的。在旅途中的其他地方都不如这个地方。张早很愿意这样的地方或者说时候多一些,让他多看一会书,仿佛今天他四处奔走就是为了在这样的时空中多看些书。

(每次出远门他总是会带着书,有时是一本,有时两本,有时是三本,但不会超过三本。几乎每次等他回来,他看的那本书仍停留在回来时的车站、机场等待的时候翻开过的那一页上,也就是说在旅途中的其他时候在两头的车站、机场之间他根本就没再看过它,而其他的那两本更是翻都没翻开过。他哪好意思带四本。)

他喜欢这段等待的时光。一来他讨厌自己焦急地站在路边打的，无奈、恼怒地看着出租车一辆辆地开过去，有的明明还是空车；终于打上的后，一路还得默念着"快点，快点"，仿佛这样念一念，它就真的能快一点，但不管它有多快，在这样的时候它都不够快；而在一辆你觉得开得好慢的出租车上哪有心情看风景，即使是在同一条路上，每天的风景也不同，每当他透过车窗，看电影般，看道路与人流缓缓经过或是闪过他眼前，他看着它们，想着自己就来到了此刻，来到了这辆车子里，来到了这些道路与风景之间……他回过神来了，他对自己微笑着，再次让目光落到外面的景色之间，让它们在他眼中渐渐地清晰——可是在另一种情况下，他势必面临着上气不接下气地冲进车站，赶在最后几分钟之前挤上车，还要向乘务员赔笑，难免有几次误了点，那时就会茫然地游荡在候车大厅里，一时不知道该去哪里，因为仿佛看到他的房间朝他背过身去，掩嘴窃笑，他也不好意思马上回去那里啊。想到这些，他的心里哪会有半点安宁。他不能接受自己是这个样子。只要有可能，每次出远门，他都会提前一两个小时到达那个将把它送往远方的交通工具站。他悠闲地等待在那里，那是一段尤其平静的时光，不是悬而未决，不是，好像在那时过去对他来说完全过去了，他已不再把它背负，而未来会在若干小时之后到来，不管是什么样的未来，他接受这未来在一个确定的时间之后到来，一个交通工具会把他带到它那里，现在他只需要度过这一段等待时间，他只需要度过，以他的方式度过，总是平静地。何况，这交通工具完全有可能在前往未来的途中解体,他何必急着奔赴这种结局。因此也不好说他是在等待,他没有等待的感觉。他没有未来。他其实多么希望人生中的每一时空都像是在这一时空。似乎悬而未决,其实平静。

他已没有未来。他看书,不时抬头看看窗外,那里有几架飞机,和蓝天,蓝天下一道山脉起伏伸展。他用头部勾勒着这道山脉的轮廓。然后他收回目光让它们落到书页上,接着刚才的句子看下去。直到他听到机场广播在呼叫他的名字。他一惊。(好像好久没有听到被叫全名了,几乎要站起来喊一声"到",应该和读书时在课堂上老是被老师叫到名字有关,他有一种犯了错被当众揪出来的感觉,事实也正是这样。)

但是今天,沮丧的情绪占据了他。他感到冷,感到浑身上下不干净。他觉得这两个小时的等待太长了,他怎么可以为了省四十块钱就不坐高铁呢,他想要马上就见到 Green,只有见到她他才会有安慰,他想去把动车票退了换成高铁票。他给 Green 打电话。Green 没有接,过了一会,她打了过来,说她没听到,她很忙。他告知她他没有赶上两点多的那班动车,他要在八点左右才能到上海。她说她今天特别忙,可能要很晚才能来见他,他也不能睡她那里,她担心她妈妈会来。搁了电话后,他就更沮丧了。

他现在还想得起来这种沮丧,他感到刺痛,因为联系到之后发生的事情,而那时他却毫无预感,使他觉得坐在南京站里的那个自己更加的无助了。

他坐列车前往人生中一个接着一个目的地中的一个列车高高地奔驰在田野上这是开通不久的新型列车它的铁轨要高出原来那种火车的铁轨许多当你坐在那样的列车里目光接触到窗外秋冬季节平铺伸展的田野景色你会感到那里有一种特别的美这特别是由于高度的变化引起的在我们不按照平时的方式观看那些司空见惯的东西时它们就有可能会对你施加一种魔力虽然你的目光一开始无视逐渐它却将你从发呆中解放了出来以至于后来你就被完全吸引而那田野本身就是美的下午五点时分的天色笼罩着它赋予它统一的青灰色调在那也被结合进了一种干冷沉滞的氛围也许这也属于先入为主就算身处暖和的车厢你也能感受得到温度对于暴露在其下的万物的深刻影响而这特别的美堪称奇异这奇异并非什么稀有之物也不为个别人展现说起来这是什么样的一种奇异啊他被这一奇异的景象或者说是对于这一奇异的认识迷住了心随境转最终目光脱离了具象他发起呆来

不知不觉当他再去看车窗外时他看到的却是叠在一起的车厢里的人物和车窗外的景色外面明显已经暗了下来已经可以看到有些地方亮起了灯光就仿佛列车行驶在那里的田野上以那田野为背景他也看到了自己和他靠着的座椅他们悬浮其间然而再看这背景却又换成了车厢这两个背景视目光的注意可以不断变换前一背景时时在变后一背景变化甚少同车厢的一个乘客站起

又坐下从外面的过道走过去了一个人不过其实很难做这样的区分车厢内和车厢外其实是一体被并置在一起呈现了一种你中有我我中有你的现象而随着天色的加深那田野就更暗了只有沿途的灯光清楚地显示了出来灯光也更密了同样投映在车窗上的车厢里的人物也更清晰了此刻车窗上的那个自己就共存于那车厢里的灯火通明和那田野上的点点灯光之中

碰到没有灯光的时候外面一片漆黑

他想在 Green 的住处附近找家旅馆住下来。有一家,就在她外面的大街上,离她住的地方太近了,如果她妈妈来的话,说不定什么时候会碰到。他站在地铁口,朝那家旅馆的方向看了一眼(黄色的外墙),往另一个方向走去。

他又累又饿,但他不想先找些东西吃,他想先订好房间,洗个热水澡,再去舒舒服服地吃点,然后在旅馆房间里等 Green 到来——中间就是两次散步。

在眼前的这条街上看不到一家旅馆,这里是上海很好的地段,就算有快捷酒店,房价也不会便宜。他已经走到了这条路的尽头,走到了高架桥的下面,走了有一千多米。

在这路口的左边不远处是一家豪华酒店,它有一个在夜色中光辉灿烂的大堂,没有七八百是住不了的。他没有犹豫就往右边走去(好像右边的右边只会更豪华,而前方的地段明显更好),在高架下面暗暗的道路上走。行人在他身边来往着,他没有兴趣看他们一眼。他拖着自己身子走着。他拖着身子走，好像是说他走在他身体的前面，其实他几乎也没有意愿，他只是处于一种走的惯性中。

他走进一家快捷酒店。

大床房多少？

四百五。

有窗户吗？

没有。

他转身就走，心里好气愤。他想要找到一间性价比好的房间的愿望就更强硬了。

他继续走了又有二十分钟。他真的累了。而这样的时候，他也不会想在路边随便找个地方坐一下，他一定要找到一间合适的房间，一切安顿好了，他才愿意休息。

一条小巷口亮着一块小旅馆的招牌。他往狭而脏的小巷深处走去。他对这条小巷的印象好差，他觉得这一趟肯定又是白费时间，他还是走了进去。

一个中年妇女带她去看房。暗淡的灯光笼罩着一个小小的房间，床单和被子显然洗过无数次，已经变色变形，墙上分布着一块块湿湿的污迹，住在这里，会让他产生一种逃犯的走投无路的心情（但不会有抚慰他的悲壮），他这么待上一会、看了一眼就已经够了，而且也要一百多。他默默地离开了它。

他站在黑乎乎的路上，在手机网络上查找着附近的旅馆，发光的手机屏映着他的一张脸。

他坐在被窝里，等着 Green 到来。现在已经是夜里十一点多了，Green 还没来，就快要来了。他打过她电话，那时她说她刚忙完工作的事，她很累，如果来他这里睡的话，还得回家拿洗漱用品什么的。听她的口气，她今晚是不想来了，她还说她来了也不想做爱。他不接话。电话里出现了一阵沉默，然后他听到她语速很快地说，我来吧我来吧。她搁了电话。

他的目光对着被子上一本书封面上的头像。这张头像占据了大部分的封面。这是张满布皱纹（额头的那几条尤其鲜明）的外国人的脸，目光紧盯着前方的什么东西看。这本书他已经带了一个多月了，这张脸，一路上他看了又看。它也吸引着他看。一张写着孤独、痛苦和一条道走到黑的脸。他觉得亲切，像是看着自己的老年。

当敲门的声音响起时，他的目光从这张脸移往了门的方向，仿佛他没有反应过来他等待的人到了。

他开门，她进来，他看着她，但她只看了他一眼，就看向了别处，似乎对他这段时间以来的变化没有多大的兴趣，或者是在回避着什么。他终于见到了她的安慰让他忽略了她的反应。他关上门，在门背后抱住她。他想念她，如今她就在他的面前，只有紧紧地一抱才能让他的想念得以着落。

同时,他的阴茎勃起来,顶着她。在他们分开期间,他在青岛和一个女孩做过一次,但是那样的做爱带来的满足没法和 Green 做爱比,那只会使他更想要来到 Green 身边,和 Green 做。

他吻她——这些都是他们再次见面时的基本程序了,先是拥抱,然后接吻,热烈的程度自然和想念的程度有关,想念的程度往往和两人分开的日子长短有关。今天,他奇怪地感到 Green 好像在躲避,感到她的嘴的抗拒。这种奇怪的感觉只是一闪而过,随后她也伸出了她的舌头。但她只让他吻了一会,她说她累了,"能别这样站着吗?"

他回到床上,等着 Green 洗澡、洗漱后过来。

她洗了很久。中间,他拿起书来看了几秒,随即又看着毛玻璃后面卫生间里 Green 朦胧的肉体。他迫不及待想要进入她,这就是他爱她的主要方式。她曾经兴奋这样的方式,后来,她开始对此表示怀疑,认为他就是想跟她做爱,他只是爱她的身体。他只好无语。

现在,他一心等待,他没法在这样的等待中做任何别的事。

他把 Green 的白色内裤贴在脸上,闻着。

"现在我不想做爱。"Green 说,她光光地站在床前,然后把 T 恤穿了起来。

"你怎么了?"他把她的内裤放下。

"我累了呀。"

"我是说你在赌气,你怎么了?"

"我没怎么啊,我累了。"

"那你好好说啊。"

"你就是想做爱。"

"我想做爱还不正常吗,这么多天没见了,你不想吗?"

"但我累了。"

"那你好好说啊,你赌什么气,莫名其妙。"

"你肯定还是要和我做爱。"

她上了床,在他旁边躺下来。

"做吧做吧。"她说。

"给我口交。"他说,他有点赌气。

他以为她会说她不想动,但她没有,她翻过身来,进到被窝里。

她草草给他口了几下。

开始她没有湿,他没等她湿就进入了她,进入时她皱了皱眉头,大概是有点痛了。

很快她也就湿了。

他喜欢她做爱时的叫声,那就是他喜欢的叫声。他对这叫声一定是有点迷恋。他也喜欢她身体扭动的样子、她的表情、她在做爱中的种种反应。他喜欢她和他做爱时她的一切,他对这些都迷恋。他在和她的做爱中获得了那么多的快乐，她也是一样的。

她叫着，叫得那么动听、不由自主，然后她加速，让高潮来到，趴倒在他身上，紧贴着他。他抱住她。他的阴茎感受着她阴道内部的跳动，他抱着她，他们相互抱着，一起静静地感受这跳动。一下一下，两下之间有一个间隔，这间隔会越来越长，直至这跳动不再来，消失。有时，在长长一段间隔之后、在他以为它已不会再到来时，又会来上一下。这跳动奇妙、性感、又好玩。他们总是会等待，等待着，不想错过每一次。

有时候……

他射在了她里面，这两天是她的安全期。他从她的身体里抽出来。他一离开她的身体，他此前生的气就又回来了。而她拿餐巾纸擦掉流出来的精液后，也背对着他躺着。

他们都不说话。

他想问问她到底怎么了，但是生气控制着他，这生气让他不愿意理她。他在开口质问她还是继续生她的闷气之间斗争着。他也等待着她来抱住他，他越等越生气。

"你到底怎么了？"

她不说话。

"到底有什么不高兴的事情，难道你不想我来吗……你说话啊。"

"现在我不想说,我累了,我想睡觉了。"

"什么你不想说,你不想说什么。"

"明天说行吗?"

"你是不是喜欢别人了?"

"明天说行吗?宝宝。"

"啊,你真的喜欢上别人了。"

他突然什么都串联了起来,他明白了过来。他身上阵阵发麻。

"宝宝,你喜欢上别人了啊。"

现在,她转过身来看着他的眼睛,挑衅地说,"嗯。"

但他突然哭了出来。她没想到他会是这样,她赶紧抱住他。

"宝宝,你别这样,对不起,宝宝,对不起。"她说。

他哭着。然后他沉默。

"你和他做过吗?"他问她。

"没有。"

"接过吻吗?"

"接过。"

"到底有没有做过?"

"没有。"

"你给我说实话。"

"做过了。"

"好啊。"

他看着天花板。

"你喜欢他是吧?"

"嗯。"

"喜欢得想离开我了。"

"宝宝。"

"喜欢我还是更喜欢他?"

"宝宝,你是不一样的。"

"不用担心我会难过,你就说你更喜欢谁,你想跟谁在一起?"

"我不更喜欢谁,我只是想换一种生活方式,我不想跟你再这样下去了。"

"好,我明白了。"

他背对着她躺好。

"宝宝。"她说。

他不理她。

"宝宝,我爱你,但我真的累了。"

"我们分过很多次手,都没有分掉,这次你是下定决心了。"

"是吗?"

"一个人只会在爱上另一个人后,才会真正离开。"

"你要这么说,我也没办法,但我还是爱你的,那个人只是正好出现。"

"你别这么说,你还是去爱他吧。"

"你为什么要这么说,难道我就不能喜欢别人了吗?"

"你可以啊。"

"你不是真这样想的。"

"我怎么想重要吗,我要你再不要见他,你做得到吗?"

"我不知道,我也很迷茫,这是真的,宝宝。"

"没想到,就这么几天,你就跟人家做过爱了,而我呢,像个傻逼那样,到处晃荡,想念着你,还真相信了你,以为你很忙。"

"那几天我是很忙。"

"你就别跟我说这种话了,你不让我来见你,不就是怕打扰了你们?"

她不说话了。

"你们有戴套吗?"

"戴,能不说这些吗?宝宝。"

"没想到你会这样骗我,你喜欢他什么?他是谁?是和你一起参加那个项目的?"

"嗯。"

"就是说这段时间每天你们都待在一起。"

"差不多吧。"

"他做什么的?"

"他也是学艺术的,我们背景一样——"

"哈哈。"

"你笑什么?"

"我们背景一样,哈哈。"

"宝宝。"

"操你妈的背景。"

"宝宝。"

"滚,滚。"

"你为什么要这样?"

"滚吧滚吧。"

几秒钟后,她坐起在床上,开始穿衣服。穿上 T 恤和毛衣。

"躺下。"他说。

她脱掉 T 恤和毛衣,躺下在床上,仰天躺着。他侧身背对着她躺着。

"你要去找他吗?"

"不去。"

"晚上肯定跟他在一起吧?"

"是。"

"跟他在一起的都不想来见我了,你真不错啊。"

"宝宝,我们别这样好吗,这些年我跟着你也不容易啊。"

"我没觉得你有什么不容易的。"

"你这样说,你就太坏了。"

"我一直在离婚,你还要我怎么样?"

"但你没有离掉,我等过你的。"

"我一直在离不是吗?"

"你是在离——"

"我一直在离,离不掉是因为不想逼人太甚,而不是在犹豫不决,想脚踏两只船,毕竟人家还爱着我,和我在一起这么多年,我只能指望她自己下定决心,而你那些傻逼朋友,她们懂什么。"

"她们这样想也很正常。"

"我告诉你,她们家里有一个比我烂上十倍的男人,她们离不开,她们把对自己无力离开的男人的怨恨转嫁到我头上了,你明不明白。"

"我明白,但是这件事跟她们没关系啊。"

"跟谁有关系,跟那个男的有关系。"

"也不是,这个男的,只是正好出现。"

"正好出现是什么意思?你不是喜欢他吗,不是迫不及待和他干过了吗?"

"你为什么老是要这样说,你为什么?"

"不就是这样吗。"

"我说了,"她一下提高了噪音,"他不重要,我只是不想再这样下去了,行不行,我想换一种生活方式,而这个人正好出现了,你到底要我怎么样啊?"她哭了。

"你变了。"

"我没变,没变。"她哭喊着。

"你他妈轻一点。"

"我没变,没变,你就是知道怎么伤害我,我没变,没变。"

"也许这些年你确实很委屈,但是说到苦,我比你苦上一百倍,我只是没有说出来,我和谁说去。也好,你现在终于解脱了,老是在这样处境中,我们都快要坏掉了,我祝福你。"

"宝宝,你别这样说,你别这样说。"

"我们从今往后就没有关系了,我知道这次是真的分了。"

"宝宝,你为什么要这样说,你为什么要这样说,你是不一样的,我们是不一样的。"

"一样的,没什么不一样,以前你认识了我,和你前男友分开了,现在你认识这个人,和我分开了,都一样的,不过,还是谢谢你跟着我这些年,我谢谢你。"

"宝宝,你别这样啊。"

"我只是有点痛心,我们就快要在一起了,却出了这样的事,但好像事情都是这样的,哈哈。"

"宝宝。"

"都是报应,我怎么对待过别人,现在轮到你来怎么对待我,挺好挺好的。"

"那我也会被报应的。"

"你不会的,你是个好女孩。"

"宝宝。"

"只是没想到就这么几天你就和人家干了。"

"宝宝,我也很难过啊。"

"你难过你他妈还干。"

"我真的很难过,宝宝,我没骗你,这么多年我只和你做爱,我也好难过,我觉得悲哀啊,我根本——"

"你们干过几次。"

"不说这个行吗?"

"到底几次?"

"两次。"

"哈哈,你既然难过,你为什么还跟他干第二次?"

"宝宝。"

"你说,你为什么还要干第二次。"

"你又来了。"

"你说啊?"

"我不想说这个。"

"那你也好意思说难过、悲哀?"

"那时我真的难过啊。"

"不还是干了又干,也许还不只两次吧。"

"我真的讨厌你,你又这样了,我讨厌,我下定决心了,我要离开你,哈哈。"

"你离开吧,请你以后别来找我,有一天,当你看到别人表露出觉得我好的时候,你会有说不出的后悔的,后悔现在这样放弃了我,有些人希望我们分开是因为她们感觉到我的好,不想让我在你身边。"

"那我不要你的好了行不行?"

"行。"

"我也不会来找你的,你放心吧,你不来找我就行了。"

"哈哈,很好,分手就应该是这个样子。"

"哈哈,哈哈。"她哭着笑着。

"真没想到你会喜欢别人啊!"

微微白光从没有拉密的两边窗帘之间透照进来,外面已经是清晨。

张早看着身旁熟睡中的女孩。

他坐在床上,低着头,久久看着下面的她……她从一条长长、灰白的路上向他走来,那就是她,她慢慢地走着,旁若无人,在她的道路上。随着她的走动,这路在她身后越来越长,弯弯的延伸开去,成为背景。而她离他越来越近,忽远忽近,有时远了开去,有时又近了回来,同时,她的脸清晰又模糊又清晰。然后,突然,这张脸不再飘忽,清清楚楚地来到了他的眼前,他只要伸出手去就摸得到它了。

他看着它,这张脸,它不知道有人在看着他,它看着前方,好像正在犹豫,"接下来我该往哪里去?"

这张脸好奇,专注,骄傲,多疑,歇斯底里,少女,bitch,温柔,紧张,忧伤,表演,执着,现实,冷酷,无助,"我们的背景一样"。

他想轻轻地碰一碰它。他觉得通过这样的一碰,他就算是和她真正告别了。可他伸出去的手在它上方轻轻抚过,又收了回来。

你这是在千方百计地试图挽留她啊!

第六章　顶峰积雪

　　照片中,他的目光下沉,没低到落在自己的脚前——习惯上那样会给人不自信、自卑的印象,然而,就算是这样,他表情的阴郁冷淡在告诉阅读他的人这不可能——而是落在前方侧方(他偏着头)下方的某处虚空,就像在沉思,但一个人不可能在拍照时陷入沉思,给他拍照的人和他关系再怎么私密我也认为不可能,可你也绝不能说他装模作样,所以,这就是他拍照时的习惯,应该也是他平时生活中的习惯:他面对着镜头,他在那里一坐,他的目光自然而然就下行。他的目光是阴郁和冷淡的,因为不是特写,看不到眼白和瞳仁,其实看不到他的目光,但可想而知是阴郁冷淡的,这种阴郁冷淡就明明白白地体现在他下垂的眼睑上,体现在他抿紧的嘴唇上,体现在他整个的脸上,他的衣着、他的坐姿、他整个的样子,一种阴郁冷淡的姿态,一种阴郁冷淡的风采。总而言之,相片中的他给人拒人以千里之外的感觉。可实际上不是这样,在我们初见到他时,他甚至可以说是热情的,好像他也需要我们,对我们有着期待,这自然给了我们安慰(荣幸)。或许,他根本就不是一个冷漠的人,是照片导致了错觉,相机毕竟不如肉眼能更加全面地看到一个人,它截取的是一个瞬间一个侧面,而现实中的人他(她)的一举一动一笑一颦无不处于运动的状态之中,这也是为什么我们会觉得一个现实中的人普遍要比照片上的人日常(平常)、生动,此外,人在被拍时会意识到自己在被拍,这种"意识到"、这种察觉也可能造成表情的僵硬,正是这种僵硬在这里被误读成了阴郁冷淡。

准备好了吗?他撤回看着不远处尚积雪的山峰的视线,侧过头来看着我们。一开始是看着我们、我和田野,目光接着全落到了田野的脸上,有那么一会,仿佛在等着田野回答。可这不是问问题的语气。走,他接着说。

在他盯着田野时,我注意到,田野快速地、显得莫名其妙地把头左右晃了几次。

我们向山头走去。他走在我们前面一点。他的步子很快,他是这样走惯了,他的背影——当你以为他并不冷漠时,你忽然又会觉得他还是有点。你对此人本来抱着成见,当成见被认为是错觉,你可能会矫枉过正,而随着进一步的接触,你就会发现自己多少有些矫枉过正了。

矫枉过正,人们很难避免矫枉过正,矫枉难免过正,矫枉者迫不及待是一个原因,另外,主观上,他无所谓过头也不愿意不足。

很快，当意识到了需要照顾到我们，他慢下脚步，他站在那里，回头等着我们跟上。

不知什么时候（大概是在出村子时）田野已经挽住了我的胳臂，贴靠在了我身上，这时，她一仰她的小脑袋，蹦跳着向前走去了，使我不得不也加快了脚步。走在登山途中一条发白的乡间小路上，虽然冷，但没风，地面也不泥泞，又出了淡淡的太阳，在初春季节，这种气候对于出游来说是不错的了，主要还是和一位我们都喜爱的小说作家一起出游，也许顺带着还想起了某部电影中人们出行时三三两两分布在道路上的镜头，这都刺激着田野，使她飘飘然。如果认为这是轻浮的表现，未免严苛，不可否认，这仍然是一种天然的反应和举动。确实，田野招人喜爱。

带着某种可以说是大度的微笑，他看着我们向他走近。我想我可以猜到他此时的感受，看到一对可爱的青年男女有时是不失为一桩赏心乐事。

我们走到他身边，他抬头看看天空，说，今天天气还是不错的，冷是冷了点，走上一会就暖和了。

嗯，我觉得这里好舒服哦，山里真好，我以后也要住到山里来。田野搓着双手，同时往双手间呵着热气，脱离了我，碎跑了两步，环抱着双臂，在路中间跺着脚，转了个身，乐滋滋地打量着四周。

阳光几乎没有，三月的阳光难以穿透云层的重重阻隔，未来日子里云层还有可能转化成雨雪冰雹。不过，雪应该是不会再下了，将近四月。四周因此是灰色的，但不是阴雨天蒙着水汽湿嗒嗒浑浊的灰色，也有别于严冬季节的铅灰，它比铅灰要柔和（正在到来的春天在与冬天的较劲中逐渐突破着它的压制，相信不久就会是一派"丽日春光"），它更干净、洗练，接近白色。处于这灰白色之中的景物都干白、剔透。人在这种环境里视野清朗，不污腻，不压抑，能望得更远。置身于这样的环境会让人有一种冷静的清新，或许这清新是冷酷。大概这也是他在这一季节选择住在此地的原因，这对一个人的写作自然是不无裨益的。

阳光有时显示出了努力。当有一点阳光照射下来时，被照着的景物就会明亮起来。但今天的阳光确实没有多少热力，不晃眼，面积也不大，只是照着那一小块区域。

此刻，一小块阳光照在了不远处的一丛茶圃上，那里因了阳光的照耀和它的周边不同，它比它周边大片的浅灰色稍亮一点稍白一点，就仿佛在一扇灰色的门上新刷了一道白漆。但就是这么点不同，让人感觉那里就像是一个仙境的入口了。我想起另一特别的情景：秋天的傍晚，即将落山的最后一道阳光停留在暗淡山岙里的一棵小树上，独独将这小树从头到脚拥照得璀璨金黄。

在这条机耕路的尽头就是我们要去爬的山。不久前，此地下过一场雪,如今峰顶还积着雪。在到达山下的一路上,你不时抬起头来仿佛无法避免似的目光总是落在了积雪的顶峰(顶峰的积雪?)。

他话不多。这种情况下,我觉得我有必要说说话,以避免三个人长时间默默无言地行走。虽然这也挺好,田野肯定这样觉得。

可是我也不愿问他写作上的问题,我总觉得只有"文学青年"才会问一个作家写作上的问题,这是一种示弱的表现,而我当然不想这样,虽然,我是很喜欢他的小说,但他毕竟比我年长了好几岁——假以时日,我想到。但这又很可笑。

你经常爬山吗,爬这座山?

嗯,他抬头看了下山,说,经常爬,有时就沿着上面的公路走一走。

下雪天也爬吗,张早老师。田野问。

也爬的。

那雪地里看到过野兔吗?田野俏皮地又问。

好像没看到过,有在山坡上看到过小动物的爪印,可能就是野兔的。

张早老师是不是跟着爪印走了很长时间啊。

被你猜中了。

会迷路的哦。

张早老师肯定对这里很熟悉了,不会迷路的。我说。

也不熟悉，是有可能的。他点点头。

他看了我一眼，一种注意到了我什么的眼神，似乎看穿了我的一个花样，关于如何称呼他：称呼他张早（他的朋友们都这样叫他，包括小他许多的），显得我们熟络，我无意这样；称呼他张早老师，过于正经了，我很不愿被他看成是那种戴眼镜的迂腐的呆瓜；可如果什么都不叫或者连名带姓地叫（刚才会面时，我是连名带姓地向田野介绍的，初次相见，作为介绍，连名带姓还是适当的），又不礼貌，也仿佛我和他很熟，于是在问他是不是经常爬山时我就加了"你"，而在田野搞笑地叫过他张早老师后，接着我叫他张早老师，就很自然而然，接下来我还可以不时地称呼他张早老师而不至于"正经"了，因为我是照着田野叫的。

但可能是我自己敏感了。我装作内心里什么也没有发生过、就他的话平常地"哦"了一声。

田野把一只易拉罐正巧踢到了他脚前方，他随随便便地也踢了一下。

老顾，他说。

他没接着说下去。我去瞧他。他已经站住了，看着北边的竹山，从那里飞过一只大鸟。田野也看着。我也停下了脚步。大鸟缓缓地从山间飞了过去。

这种鸟我在这里——不是白鹭，白鹭要比它白（我们都笑了），我也不知道是什么鸟，下山后我得问问这里的村民。

老顾——他往后往我和田野侧了下身子,接着就往前走去了——他怎么样了,我有——他停顿了下,我没去瞧他,等着——两年没见他了,不过他掌握着我的行踪,呵呵!

顾老师是大伙的联络站。田野说。

嗯,他就是这么个人。他不知道我从来不抽烟的吗,怎么让你们捎烟给我了?

可能他忘了,也可能以为你抽上了。我说。

张早老师从没抽过烟?田野问。

青春期抽过。

我走在这条路的最后面,田野在中间,他最前面。如果从南往北排列,那我在最前面,田野仍然在中间,他在最后面、靠近北首的路基。这两种队形都不是固定的,不时有变化。有时田野和我又挽在了一起,有时他走到了最南边,低头查看着那里的一丛什么花,不过,大部分时候他是处在这条路最前面的位置。

他背着灰色的双肩包,双手插在冬衣的两边口袋(我喜欢他的这件衣服),这大概是他最舒服的姿势。他东张西望地走着,低着头走着。他明显不爱说话,也不没话找话,对于这种发生在几个人之间沉默无语的局面似乎并没有不安,是他经常一个人惯了,还是这是他的天性?但他也不是一句话都不说、完全对你不理不睬,有时,他回过头来,"及时地"向我们指出身后一座山的形状,或者别的什么,表明了他并非孤僻怪诞、不近人情。他的样子,他给人的感觉,使我想到了"年青",我不知道我到了他这一年龄,是不是还有这样的"年青"。

这里游客也有的吧?这是我刚才就想到的问题,我记着,以备在冷场时使用。

走到上面的公路上(他向山上的公路指了指)有时会碰到徒步的背包客,也有车,这里也是景区的一部分,只是没其他地方人多。

因为它太里面了吗?田野在问。

嗯——

我倒是希望他能主动和我谈谈写作,谈谈他的作品,因为见面时田野已经告诉了他我也是写小说的、喜欢他的小说,对我们谈小说很正常,可他似乎没有打算提起它们的样子,他大概也属于那种不太爱谈自己本行的事情的人,虽说我也是,可我还是希望他能和我谈谈。我寄希望田野能说到,到时我就可以顺便问他一些我感兴趣的问题了。我觉得在写作上我和他有着比当代别的写作者更多共同的兴趣点,这正是我读到他的小说觉得非常亲切的原因。

你们在说什么?我用方言问田野。

我问张早老师在这里有没有过艳遇,张早老师笑而不答。田野用普通话说。

张早老师不是有小说专门写到过这个吗?我说。

好像是《弦上箭》,我看过的,Green。田野说。小说里的事情是真的吗，还是张早老师虚构的？

是真的。

是真的啊，那她现在还和你在一起吗？

不在一起了。

好可惜哦。

天要下雨，娘要嫁人。我说。

哼，你真这么想吗，你真这么想吗？

张早老师，你可不可惜？田野问。

是很可惜。

以后见到了她张早老师你会怎样？

应该已经嫁人了吧。

哦。

我想让话题回到他的小说上去，可一时也接不上什么话，就没有努力，由着事态自行发展下去。

有那么一会，我们都没有再说话。我问田野拿水杯喝水，杯在她的背包上，可她"哼"了一声，歪歪头，不理我。

天要下雨，娘要嫁人。她嘟囔着。

我想起去年有一次我们在云南旅游途中听说前方塌方，面横心慈的大巴司机嚷嚷着说：天要嫁雨，娘要下人，先开过去再说。我对田野说这司机不错，蛮有趣（我其实不清楚他是故意这么说的呢，还是脱口而出）。我们就坐在司机的后座，我的话司机应该听到了，一路上，他几次说话，因为在开车，他说话时没有回头,一开始我就以为他在自言自语,没理他,后来,田野用肘捅我(很难说是出于她的提醒,几乎与之同时我自己也想到了),我才意识到了他一直是在和我说。

田野从背包里拿出杯子和相机,在我喝水时,她对着四周的风景"咔嚓咔嚓"拍了几张,朝张早也拍了三张。

前面就到山下了,视野被眼前的竹林挡住,已看不见上面的公路和积雪的顶峰。我们在山脚停下,回头望着来时的路。这不只是一种休息,这样的举动接近于仪式,一个小小的仪式,标志着前一段路的结束,人们在这一段路的尽头停上一会,然后开启下一段路的行走。

我在等着他做出走的示意。他又喝了一口水,把水杯攥紧,从脚边拿起他的背包,把杯子放入一侧杯袋,背包扛到肩上,用手指指前方的山,向前走去了。

走,我拍拍田野的屁股。她在拍照。

过了小溪,我们就进了山。从这时起,我们就置身于这山的内部,置身于竹林的包围。山里要比外面暗一点,但也暗不了多少,竹林不密,不能把天光遮严实。一条小路将山分成上下或左右两边,小路弯弯向上,可以并排走两个人,不算很陡(对于像我这种来自农村走惯了山路的)。田野把相机放入背包。我要我背,她说不要,据她说她曾经爬过喜马拉雅,"有人帮你吗","有啊,很多人都会来帮我啊"。她告诉我当时的情形。"这事你以前没说起过","噢"……"为什么他们要走得那么快",

"我也不知道"。不管怎样，两个人之间总还是有些事是你还不知道的。

我或拉或挽着田野；或是搂着她（自腰间或是肩头），发力一阵快走，登上一个陡坡；或自她身后推她一把；视不同路面情况和心血来潮而定。田野的臀部在她弯着腰往上走时向后方更加突出，我一抬头目光就碰到了它，当我把两只手都放上去，一边一只，她回过头来看了我一眼，似乎很惊讶。后来我搂着她的肩头走在了一段平地上，我搂着她的那只手从她羽绒衣的领口伸入，隔着毛衣，摸到她的乳房。那里温暖鼓起。夏天我经常这样干，挑开胸罩，用两根手指夹住她细细的乳头；或是用两个指头轻轻地揉搓，就像是在转紧一颗螺丝；或是拨弄，摩挲，在它周边做圆周运动，出其不意地按一下。常常，我还仿佛无意地把手搁在她衣服的胸前部位，随着走动，一碰一碰。"一挺一挺的"，田野告诉我她的感受。在夏天，搂在她腰间的手还可以贴在她的小腹上，或是从后面插入她两股之间。她常常陶醉在这些爱抚带来的快感中，脸红红的，低着头，抬头看我时带着一贯无辜的表情；在开头在我出其不意地偷袭她时，有时，她会尖叫一声，然后赶紧去查看四周人们的反应（有一次，在地铁出口底下的走道上，当她一声尖叫，我有个感觉，有那么一瞬间往来密集的人流似乎停顿了一下，或者说是迟疑了一下，只是一下，随即恢复了运动）；有时，担心别人看到，她也会冷静地拿住我的手把它从她身体的某处拔出来，为了防止它再乱动，之后一直牢牢地捏着它，让它规规矩矩地待在她的手心里（这时候我会感觉自己就像是她的一个小孩）。此刻，她躲开了，指指前面的他。确实，有时他会停下，居高临下看着我和田野，等着我们跟上。

行走已不像下面那样轻松，在下面平路上是不会意识到自己在走路的，因为不需要花什么力气，所以注意力不会在走路上。现在不同，前面一段还好，虽然得用力气，但因刚换了一种走法，挺兴奋，在兴奋之中信步走去，有种在冲刺的感觉，但"冲刺"毕竟长不了，十几分钟后爬山的感觉就出来了，是爬而不是在走。

时而来到一个平地，一段陡坡，一段平地，平时在坡下时可以视作是一个个小的目标，走在平地上就像是在休息了。

来到一个山冈，山上的四岔路口。我们休息一会，他说。田野拿出相机，拍了起来。山冈上还有三条路，一条从另一边南边往下，两条分别往上，我们将继续往上，是往西面的那一条，往东面的那条通往下面南边的山岭。

在一块石头上他坐下。田野给他拍了几张照片，给我也拍了几张。他问田野的相机是什么牌子。他也有一个相机，不过今天没带来。"张早老师也拍照吗"，"我拍的"，"我以为你们写作的都不爱拍照，他就不拍"。"拍啊，"他说。"我是不会拍。"我说。"照相谁不会，你就是不想拍，都不知道你在想什么。"当着他的面田野说这些、这么说，我有点恼火，可当着他的面又不好发作，只好装作若无其事，或许他已经洞察了我的想法，我有些尴尬，我对田野更加恼火了。

我去路边小便，田野冲我的背影拍照（她意识到了我的不快）。我感觉到他在看着我们，他看人的方式有时是会让人不舒服、心虚，可有什么好心虚的呢，萍水相逢……田野好像和他谈到了与写作有关的事情，我听到他说"非常好"。当我回转，田野告诉我张早老师也喜欢"某某"。再次上路时我们继续着"某某"这一话题。他认为"某某"重要的不是写了什么（写了什么当然重要，他补充了一句），重要的是他在他那时代里特别的生活方式，一种独处写作四海为家的生活方式，这种生活方式好像是迫不得已的，其实不是，你可以说这是冥冥之中自有安排，也只有这样生活的一个人才能写出那样的东西，这肯定是相互的、不可分的。我赞同他的观点，我发觉自己在点头，虽然没必要，他走在前面又看不到。可说完这些，他就沉默了，仿佛刚才不慎泄露了什么，此刻就紧闭了嘴巴。而你的耳朵还冲他张着，你还全身心处于听的状态中，你以为他还会说下去，难道他已经说完了？你将信将疑，时间明明过去、他还是没说，看来他是不会再说了，你这才放松了下来。他肯定不善于向别人倾诉心声或谈及自己，他定然也是深知交流没意思的人，更不要说有用了，说话常常是一个人的自以为是，如果对不熟悉、不吃你这一套的人夸夸其谈那更是不合时宜，身处如今这样的时代，你无须声明也不必掩饰，你就按你自己的那一套来,不要去寻求认同,不要刻意注意别人怎么看你。

我感激地看了一眼正在向上登攀的他的背影,他知道我内心的这一坚定吗?如果他知道,他会理解的。

公路已经在望,路面清新、宁静,我们默默走过到达公路前的最后一段路程。那是一片树林,林间几座坟墓,增进着林子的幽静氛围,使人想说也说不出话来,如果说出也会不自觉地小声,这种情况下你大声反倒刻意了,就像害怕的人要高声说话,话音落后,寂静四面八方围拢,让害怕的人更加害怕。这些坟墓今天看着倒没什么,它们都有一些年头了,感觉和这里相称。可有时是会让人觉着寒碜,墓色灰暗,墓上荒草生长,这个缺了个角,那个开着一处口子,东倒西歪,一条黑色的蛇流出来……而其实新坟更加寒碜,一座新坟总是刺目,让人猝不及防。小的时候,我害怕看到它们,现在这种害怕明显淡了。

树木笔直耸立,它们默默无言,我们见到它们就是这样,仿佛那就是它们的秉性。走在其间,我们也默默无言,和它们保持着一致。因了偶然的机会,今天我们行进在同一条道路,不久我们就将分散,走到各自的路上去。

他第一个登上公路,伸出手来,拉住田野,田野上去了,他也向我伸出手来,我抓住他的手,一个跨步也上到了公路路面。

林间压抑的视野在公路上获得了开放。这里已经相当高了,看得到下面山林的全貌,还有四面青山之间的村庄。四面青山将村庄陷于其中，一条公路曲直隐现来到我们脚下。青山之外还是青山，越往外越浅淡，远处接近于一种轮廓。山以竹林为主，主要由深浅不一的几种绿色组成，某片竹林的绿色嫩一点淡一点，某片竹林的绿色深一点，还有来自于树叶和脱落了叶子的树枝的黄色、褐色，它们结合在一起，给视觉带来了层次上的变化。在它们的上方是云雾和纯净灰白的空间。

村庄（如果这是一个城市也一样）从这样的高度看下去显得宁静祥和（它们确实更好看，因为不常这样看和从上往下看它们时它们的形态发生了变化），但我告诫自己，这是一个假象，是第一眼的印象。人们往往满足、停留于一种印象，有着各种原因，消极的，积极的，既不是消极的也不是积极的。为了对事物有真正的认识，这印象必须被超越，必须再次去看（不排除最后发现这印象是准确的）。拉开距离带来了新鲜感和新的角度的冲击，但不应是不再客观，而应更加客观，因为目光将不再由于自身身处其间而受束缚，它超越了"在其中"的纠葛，也会更加地有着说服力。

除了不动的房屋建筑，还看得到正在移动着的人和动物，全都小小的，行动缓慢，不易觉察，但确实是在动，只要过一会去看，你就会发现它们已经明显到了别处或不见了。

田野想站到公路边的防护礅上去拍照，要我托她一把。我自己也上了去，双手叉腰，看下面的风景。他在底下陪我们看着，是不是也带着作为地主的满意之感？

这样的风景对你还有新鲜感吗？我别过头去，找到他的眼睛，问他。

有，每个月份，每一天，或多或少都有些不一样，还有你自己也在变化。

唔。

田野转过身来对着他快速拍了一张，然后朝着积雪的顶峰又拍了几张（刚才站在下面时也拍了）。在这里就又可以看到它们了，它们现在离我们近多了，雪也看得清楚，那不仅是山下看来的白色的一片（仅就视觉而言，那会你还不能说这一定是雪），那确实是雪。我们是要去那里吗？我心里想。

等会我们就沿着公路走，我带你们去一个地方，现在是，十点钟，十点半，我们十一点回来，回来就一直沿着公路走，一点半之前可以到村子里，两点钟会有班车带你们出去。

好的。

我们沿公路走着，公路上没有人，没有车。这里的公路上有很多弯道，刚走过一个二三十步开外又见一个，很少有一段长长的直路，这对驾驶者是一种考验，也是种刺激。几个弯道过后，我们来到了山的另一边，从这里看不到村庄了，不过可以俯瞰另一番风景。然后我们离开公路，继续往上。

看到一块特别大的大岩石，占据了山这边的很大一块。很快我们就走在了这岩石上，四周的灌木和矮树丛扎根在这岩石上。脚步平缓上升，到了一个岩洞那里他停下了。大概这就是半个小时前他说的要带我和田野来的地方了，上来时我就有这预感。是这里吗，张早老师，田野问。肯定是这里了，我想。是的，我听到他说。这可真是一个好地方——仿佛如果他说不是这里这就不是一个好地方了。岩石中间有一部分像一个鼻子那样前突，与其下方形成一个天然的岩洞，够站像他这样高度的人（他比我高一点，大概有一米七四七五的样子），它又很宽，容纳下我们几个正好（这也是指里面，在其外围边缘可以待更多人），并且不浅，藏身洞中无须担心被烈日炙烤、大雨浇淋（坡度的关系，雨不会倒灌入洞中），它的前方又没有阻挡，在洞口看风景特别适宜，一览无余。

我和田野这里看看，那里看看，仿佛被眼前的景色完全吸引住了——但我感到在这时的看中带有一种做作，虽然这景色值得人这样看。

哇，田野发出了惊叹，张早老师好厉害，这么好的地方怎么被你找到的？

功夫不负有心人啊。

张早老师每次都来这里？我问他（但这怎么可能，不太可能吧）。

这里来得比较多的。

还有别的地方啊！

有啊。

好想来这里生活上一段时间，每天都来感受一下。

我不由得点了点头。

好好啊,我要喊。田野突然说。

啊……田野喊了起来,叫声持续着。

喊完之后田野好长时间都不再出声。我和他也不讲话,我们看着各自的前方。而后,田野默默靠到了我身上。由于他在一旁,我不想和田野表现得过于亲昵,我就没有去搂她,我只是让她靠着我。过了一会,他提议去上面看看。

这里在我们看来已经是无与伦比了,我们都没想到还有上面,还需要什么上面!放下背包,大家一起上到岩顶。那里是一大块平地,除了烈日炎炎的夏天(但那时凉风阵阵,也别有快活),在其他季节,没有比在这块平地上晒太阳看书更舒服的了。想象一下坐在这里或是在下面洞口写作,不时抬头看一眼四周——此时目光不是为着欣赏风景(在工作时你是不会去欣赏风景的,这就像是在城市里,写上一会,你会站到窗前,目光似乎是在看着外面往来的车辆和行人,其实仍然和它们保持着距离),但有时某处风景慢慢来到了你眼前,清晰起来,目光自此停留在了那上面,终于回过神来,仿佛"得来全不费功夫",发现自己已经找到了那一合适的表达。从我脑海闪过一个荒唐的念头:以后等他离开了此地,我可以来。

他大概在这里已经写下了不少东西,我很好奇它们会是什么样的面貌。

我们回到岩洞,坐在洞口,分享彼此带来的食物。他带来了几个鸡蛋，我和田野带有面包和饼干。张早老师平时也这样吗？上午来，中午在山上吃点。是的。张早老师你再吃片面包。田野递给他一片面包，他把它吃了。我给你们讲个故事吧，他说。好啊，好啊！从前，long long ago，很久很久以前，有个叫作豫让的刺客，他的主人被一个叫赵襄子的人给杀了，他要去为他的主人报仇。嗯。他先是扮作一名清洁工，混入了赵襄子的宫廷，他在宫廷的厕所里一边装作干活一边等待着，终于有一天赵襄子上厕所来了，豫让眼看报仇在望，可就在这个时候，这个叫赵襄子的人心里一动。啊！赵襄子感觉今天这个地方不对劲，他赶紧喊人搜查，就这样把豫让给抓住了。好倒霉哦。嗯。那后来呢，张早老师？后来，赵襄子问清楚了原因，觉得豫让是个义士，就没有杀他，把他给放了。嗯。可豫让一心想着要再去报仇，为了不让赵襄子认出他来，他就往自己身上涂了一层漆。啊！那个时候的漆应该是沥青吧，豫让的皮肤就全都溃烂了，长出了一身的癞疮，从那以后，他就成了一名乞丐。嗯。有一天，在集市里，当豫让的妻子经过他身边时，他就故意向他妻子乞讨，他妻子很奇怪，说：这个人长得不像我丈夫，可声音怎么这么像。听了这话回去后，豫让吞吃木炭让自己的声音变得嘶哑，可就算是这样，他还是被他的好朋友给认了出来，他的好朋友认出他后非常难过，哭着说，你要报仇可以假装去投靠赵襄子，取得赵襄子的重用，然后伺机再杀掉他啊，别人都是这么做的，你何苦现在这样虐待自己呢。可是豫让并不赞成这种流行的做法,他觉得这样不好,既然投靠了人家,就得对人家忠诚,不过,为了安慰他的朋友,豫让对他的朋友说,他现在都成这样子了也没法再按他朋友说的去做了。嗯。从那以后,豫让就在他的这个朋友家里住了下来,等待着机会的来到,在他朋友的帮助下,他们打听到某天赵襄子将经过一座桥,那天,豫让就又身怀利刃埋伏在桥下,可是这次又出了状况。啊!赵襄子的马一上桥就惊跳了起来,赵襄子马上想到了有人要刺杀他,豫让就又被抓住了,还被赵襄子认了出来,这次人家就不能不杀他了,估计豫让也不好意思再被放了吧,临死之前,豫让请求赵襄子脱下他的衣服,让他在衣服上刺上三剑,赵襄子答应了,豫让在赵襄子的衣服上刺了三剑,算是把仇给报了,然后他就没什么遗憾地去死了。

故事讲完了。赵襄子也挺好的,田野喃喃自语。这是《史记》里的一个故事,刺客列传,讲报仇的几种形式,他说。我觉得古人都挺奇怪的,我说。嗯,他点点头。"士为知己者死,女为悦己者容"这句话就是这个豫让说的,他说。真的吗?田野问。其实就是司马迁说的。哦。

我们沉默了,我们抱臂坐着,山风吹来,感到了冷意。走了。说着,他站起来,拍拍屁股。

我们往山下走去。途中,田野想起她把一只杯子忘在上面了,我说我去拿,他说他去吧,我们看着他向上走去,看着他来到洞口,看着他弯下身去、转过身来时手中已经多了一只杯子，他朝我和田野扬扬这杯子，现在他下山来了，我们看着他向我们走来，逐渐走近我们，走到我们身边，把杯子递给田野，田野说"谢谢张早老师，张早老师真好"，把杯子放入包内。

到了公路上，我和田野回头望望岩石。我们沿原路往下。田野走在我们前面，冲我们拍照（后来，我在这批照片中看到了我和他的"合影"）。我们往前走去，不可能停下脚步以配合她拍，她边拍边后退着，接着站在了一边，在我们从她身旁经过时拍着我们的侧面，当我们走到她的前面她拍着我们的背后。现在她跟了上来。张早老师是什么星座？她问，已经把相机放入了背包。什么星座，天秤座。啊，张早老师也是天秤座的？他也是天秤座的。天秤座是怎么样的？他问。天秤座可是很苦逼的星座哦。苦逼在哪里？就是很纠结，上上下下，想得很多，张早老师是这样的吗？因人而异吧。我听说天秤座其实是很偏激的，我也这么觉得。不是说天秤座很讲究平衡吗，一架天平怎么会偏激呢？偏激也是为了平衡啊。那倒也是。不过天秤座对朋友都挺好的，张早老师应该也是这样的吧？嗯。但是你们有朋友吗？有啊，怎么会没有，我说。你那些能算你朋友吗，你和他们其实没什么交流。这是我和朋友相处的一种方式，我说。反正我觉得天秤座貌似喜欢热闹、爱交朋友，其实朋友很少，天秤座的人其实是很冷的，我觉得张早老师也是这样的，越看越像。有可能的，不过我不是天秤座，呵呵。啊，张早老师你骗人的呀，那张早老师是什么星座？

我们谈论着星座,来到了早先登上公路的地方,自此,我们就将涉足于陌生的公路路面,直到村庄。

大概走到这路的一半路程时,从后面开来一辆拖斗车,停下在我们身旁,司机探出头来,和他打了个招呼,他们认识,问他要不要带我们一段,他看了下时间,说,好,我们坐车吧。我们上了车。

你们散散步啊。司机说,带着一种玩笑的口吻。

对,散散步。他说。他的表情是狡黠的,这是和不可能理解我们的举动,但也没有什么恶意的农民打交道时合适的方式。

两人交谈了几句也就不再说话了。车子开得飞快。我们看着两边的景物,从外边看下去看得到村庄。车子盘山往下逐渐接近着这村庄。

快到村子时车子放下我们,开到一旁的小路上去了。我们继续沿公路走着。刚才坐车是明智的,刚才确实有点累了,坐过车后,体力有所恢复,现在走在公路上村庄又不远了这就很惬意。如果现在还在坐车肯定也不如现在这样。

和预计差不多,一点二十分我们回到了村子。时间还早,他带我们去了他的住处。

他的住处在村子东南角、一排水泥房中最边上的一间,我们跟着他走过了其他几间,他也没说到了,我们以为还要往前走,其实我们也没以为,我们只是跟着他走着,当他往最边上的那间走了过去,我们这才意识到到了。

等会到下面就可以坐车。他指指那里。

大门虚掩,他推开门。这里不用关门,没小偷。他又说。

我和田野打量着客堂。他的手机响了,"喂。"他接起,走到门口去了。

挺好的,我说。

我也想来这样的地方住一段时间。田野说。

嗯。

里半间是灶间和洗漱的地方。他进来了。你自己烧饭吗?我问,走到挂在墙上的日历本前,看了一眼上面的日期,它有很久没翻过了,停留在去年八月的某一天。

我自己烧。

租这个房子要多少钱?

一个月三百块。

你自己带被子来的吗?

我有一个睡袋,农民家也有被子。他看了我一眼。

张早老师在哪里写作?田野环顾着四周。

在楼上。

去张早老师写作的地方看看。我说。

他领我们上楼。在楼梯上,田野问他卫生间在哪里,她要小便。

卫生间?这里有抽水马桶的人家很少,我想想,我带你过去。

他们从我身边下去了，迎着光亮我继续上楼，光亮来自前半间开着的窗户。后半间的房门关着。窗口框出一块青山。房间给人以简陋、干净的深刻印象，感觉和他的气质符合（可这是他租来的房间，并非按照他的意愿设计，家具也都不是他的，然而，当一个人尤其是一个特别自我的人即便在不是他的房间里住着，久而久之，他也会使这房间和他一致，渗透着它，将自身的气息传递给它，和它成为一体，何况，农村的那种简朴跟写作这一行为本就有着内在的契合，比之于豪华富丽无疑它更适合一个写作者），房间的墙壁也没有粉刷过，上面的平顶没有拉，一张漆成天蓝色的简易木床给这多少显得清苦的房间带来了一丝清新，一只笨重的五斗橱立在一边墙角，另一边是一张破旧的沙发床，沙发床上放着一只大概60升装的"THE NORTH FACE"的登山包，包口外翻，露出里面的一卷衣服，窗帘拉开着（第二天起来，当拉开窗帘，阳光就会洒落在写字桌上），写字桌前的椅子一副正等待着人去就坐的样子，桌子上放着一台笔记本电脑和几本书，是一台黑色12寸的IBM，最上面的那本书是他自己的作品集（我看过），我止要拿到它，看到旁边有一本软面抄，封面写有"2011"字样，我的手改变了方向，移往软面抄，拿起来，翻到第一页，那上面写着：

顶峰积雪，这一眼收获的印象深入人心，仿佛这才是常态，在那些长长的没有积雪的日子里总会让我们觉得那里缺少了什么。

有时候,在那些出游中,在某个时刻,你能意识到这是你身边的这些人他们一生中最好的时候,你也清楚,他们很快就都老了,而你还在那里。

在到达山顶前,我们会休息一会,然后再一鼓作气登上顶峰。这种停顿对某些人是必要的,是为了随后的一鼓作气。

我不让自己漏过任何一句,可又急于想看到下一句。

人和钟声的互动,钟声如何激荡人。钟声响起,说话者说话的分贝和频率不得不提高、加快,随之就激动起来,很快当钟声停止,说话者仿佛皮球泄了气一般,恢复了常态,说话者自己隐约感觉到自己刚才莫名其妙。

不管是多么大型的动物,途经一片树林时都是小动物。(嗯)

这些还处于不定稿状态,到处有涂抹改动,好在还能看清楚(使人很想把它们誊清)。我瞄了一眼第二页,随意翻到中间一页。不知什么时候,我已经坐了下来。

　　形象胜于"惊人之语","山有小口,仿佛若有光"。

　　英雄气概和田园诗,(稀有)"过时"之物,仍然可以在你笔下焕发生命力。

　　高处,可以综观,也可以深入褶皱——此时,对于具体之物的观察就仿佛它们离你要比在你身旁更近。

　　最高的心理学不一定要通过类似于陀思妥耶夫斯基小说中那种激烈冲突的戏剧性场景得以表现,微妙并不输于戏剧化。

　　刚才,写出了感情。准确、典型、感情,感情是最重要的,感情既准确又典型,可遇不可求。

　　你比他们更虚无,因而你也更认真。

他又翻过一页。

　　在想什么,想什么呐?

在高高的高原，望着远处更加高的冰山。

哪一次，哪一次？

路特别险的那次，在山顶，海拔五千米。

我也在的啊。

嗯，你也在。

她看到了那座高高的冰山，在阳光下闪闪发着光，看到同车的游客贴着玻璃窗看着，好像这样过去了很久，终于，有人"哇"地叫了出来，有人默默无语，有人和身边的人解释着什么，而她当时握着他的阴茎，之前她就握着了，这会让他好过些的，路途过于险峻，她知道这会给他带去安慰。

她向他的身体靠了靠。但他没有回应，但她知道他感觉到了。他就是这样子，如果发生在他身上的一样事情过于美好了，他就会不适，他不想使一样事情过于美好，他见不得美好。哼。随着她的"哼"，她的身体就离开了他一点。

好像听到了一些什么声音，他们回来了？我暂停了阅读，暂停而不是丢开，手仍然保持着阅读它们时的姿势，也可以快速合上，拿起一旁他的作品集，我偏着头，目光离开了纸面，侧耳听着……并没有什么声音，继续往下读。这一页也已经看完，我往回翻动着，目光落到了某一页开头的一句上，停住了。

能对我们讲述心灵孤独之旅者何在。(尼采)

大批鲸鱼不如一匹鲸鱼来得壮观。

在人群中走不快,但可以尽量走快,可以体味这感受,即在走不快的地方尽量走快。

从屋子里出来,他说往这边,可她却去了另一边、一副坚决的样子,原来她是要把手上的垃圾放入那边的一个桶里去,她不是没有听见他的话,"一个目标明确的人的举止确实是不一样的",他想。

漫不经心地拿起一样和以为的分量不符(过重或过轻)的东西时那一下的手感;或者,走下楼梯时以为还有一级台阶一脚踩空以及明明还有一级台阶你却以为已经走到了底时——

我这时想到时间好像已经过去了很久,我侧耳听着,没有声音,我从窗口伸出头去,外面静谧无人。我把簿子合上,在原来的位置上放好,稍稍调整了一下以使它更符合没被我动过前。我往楼下走去。

我来到门口,又觉得这样急吼吼地被他看到了不像样,就又进去了屋子,可是在这空空的屋子里坐、立都莫名其妙,我又走了出去。我觉得自己很可笑。

终于听到了脚步声,来自一旁的小弄。我做了两下扩胸运动,仿佛刚听到声音,这才缓缓向他们转过身去。

怎么这么慢?我用方言问田野,口气尽量舒缓,用的也不是在问问题的语气,就好像是在说"车快要来了"。

怎么了,有抽水马桶的那家挺远啊,在村子中间呢。田野看看我(她说的也是方言),好像我很奇怪。

我没再说什么。

这时候,我们看到一辆中巴正驰进村子。我们就此告别。他不送我们下去了。

再见了,张早老师。田野说。

张早老师走了,出来了找我们玩。

好,再见。

告别总是来得突然、显得匆匆,我们转身离去——也许在生活中任哪一种情感的"转身离去"看上去都不露痕迹、自然而然,但在摄像镜头下,在影视作品中,"转身离去"这一动作无一例外显得僵硬、决绝,明显是在"表演"(确实是在表演)。今天我们在城里再住一晚,路上我说。嗯,田野点点头。车子驶来,调了个头后停下在我们面前。我们坐了进去,透过车窗看得到他高高地站在那里。田野在车内向他招招手,她的动作很小,也没把手伸高,不可能被他看到、大概也没打算让他看到,这就像是一种"内心的道别"。车子向前驶去了,在最后时刻我回头捕捉到他转身回进屋子里去时那让我感到有点淡漠的形象,也许我也有点感动、可怜。车子驶出了村子,田野不出声地看着车窗外面。过了一会,她靠了过来,我握住她的手。她问我他楼上是怎么样的,我一一说了(但没提到那些笔记)。当说某句话时话说了半句我意识到我用了他的口吻,赶在田野可能察觉前(或许已经察觉),我当即纠正过来,换成我自己的方式。

第七章 《弦上箭》

> 树犹如此，人何以堪
> ——庾信《枯树赋》

如今我有两双鞋子，一双黑白相间，一双红黑相间——我并不是只有两双鞋子，跑鞋确实就这两双，此外我有一双拖鞋和一双夏天穿的凉鞋，这就是我全部的鞋子了，拖鞋则不分季节冬夏，不过由于它很少被我穿去室外可是它在我脚上使我的脚免于直接碰触地面不至于被刺被硌着凉受烫挑衅习俗莫名其妙或者，换一个角度有精神不正常之嫌的时间不会比其他鞋子少，但我还是觉得它离它不能穿的那一天还早比另外那三双都要早（我好像是有两年没换拖鞋了），那么，我是不是应该对它刮目相看？进一步想来，它的好处多多不容置疑，除开使用持久以外，在所有的鞋类中，它这一类最少被人操心，从来缺乏关注，似乎可有可无，人们买它，不必为费用担忧，甚少挑三拣四，无须抢购等待——但也因此不具备发现、选择的乐趣以及那一份终获期盼之物时的喜悦，或多或少；一旦穿破，一丢了之，绝无依恋惋惜之苦，从丢掉它的那一刻起就再也想不起它的颜色式样；而在这两头之间，在它长年累月被使用期间，从无人会为它展开上油、擦拭等一系列保养措施，洗涤是非分之想，这不仅因为它不是皮革所制不那么值钱，似乎人们生来就不打算把精力花在一对拖鞋上面，只在需要时才用到，其余时候任由它等待盼望它等待盼望吗？弃之一旁，就算最吊儿郎当的人也知道他的皮鞋跑鞋在家中的位置，它们就在那里，在进门的某个地方，如果那个地方有一个鞋架，那它们肯定就在鞋架一目了然的某一层，可是拖鞋，人们往往随便一甩仿佛有多厌恶似的从脚上远远将它甩离一只东一只西，当第二天起床时没有见着，也不费心寻找，人们赤脚、着袜行走在屋子里，直到无意中撞见，仿佛是拖鞋等不住了现出身来，人也并无重逢之喜，显得它们根本无足轻重。确实，人们对待它们是漫不经心的，呼之即来，挥之即去。那使我想到一个大家庭中的老大，比如，我的父亲在他父母的三个儿子中，最是老实本分，确实没有多少天资，脚踏实地，从不抢风头，做父母的也不用担心要为他擦屁股，这属于老小的专利，他任性轻浮，深得母亲的宠爱，而精明的老二，你休想让他吃一点亏，他只想着自己的那一份好处，于是，老大，注定被忽略，干得最多，吃得最少，甚至早早默默担负起了作为一个曾经的纨绔子弟旧习难改游手好闲的父亲荒废已久了的支撑全家的重任，直到有一天，突然发觉它不行了，这才想到它在你脚下已经这么多年，这么多年来它一直在你的脚下，如此勤勉，从无麻烦，连怀念也是矫情。

　　这就是一双拖鞋的故事，人间拖鞋的故事大同小异，无非如此，或有个别情形，始终都会有个别情形，但我对个别不感兴趣。至于那双夏天穿的凉鞋，无论就其实际价值、观赏性还是对我脚的包含面积都介于拖鞋和跑鞋之间。它带有如此强的一种季节性——这正是它迥然不同于其他两种鞋子的地方，它因此也穿得少——当秋天来到，它就和若干短袖一起被我母亲收起，等到第二年夏天，它又出现在了我脚下。在那段看不见的三个季节的日日夜夜里，它就像是一种动物在冬眠。还有什么可说的吗？从此以后，当我说到鞋子，鞋子只属于跑鞋。

　　商厦明亮吐气，在那深处的某个运动品牌专柜里，它被淹没在了众多鞋子之中。一开始他没有发现它。他听说过这一品牌以及这里的部分别的品牌，但对品牌本身没有兴趣，是什么牌子他无所谓，他就是想找一双自己看得上眼的鞋，不过在这一方面他还是有他的一些想法也不可能没有，一双从表面上看来没有显露自己所属牌子的鞋他会感觉更好，一双这样的鞋子，它隐起了自己的品牌标志，在大部分的商品都在设法张扬自身的永恒潮流中，显得特别，代表了一种自信，看上去确实也干净。他偏爱这样的干净。于是远在他此次走在打算去买一双鞋子的途中之前，他或许就设想过它的存在，他设想但他没有期待，他设想，并且来到这里，他只是随便想想；一双鞋子总归是一双鞋子，不可能找不到喜爱的就不买了。他出了电梯，置身于一个大商场的六楼的边上，面对着商场豁然开放的洞穴般的内部，顿时产生了一种即将被吸入的阴郁感觉，联系到当被吐出你已付出代价，无论是否满载而归，你都已筋疲力尽，人们逛商场可不像是表面看来的是为了便利日常生活的运行、满足消费的需要、美化自身、打发时间那么简单，或者说这些都只构成一个方面，综合来看，人类逛商场就像是在和商场交媾，这可以解释为什么这商场里的人来了又去去了又来，各种面貌，各种组合，一如人在这世界上的往来不迭，出生入死。他往电梯左边的过道走去，往左而不是往右，仍然是一种犹豫的结果，在这样的小事上也体现着思索，而并非偶然，也不是根据像当你吃东西时你总是先把不怎么样的部分吃掉然后再享受好的部分或是正好相反那样的习惯。在他的前方是一条笔直走道，明明白白是通向他的猎物之路，他停了下来，并不急于深入，还没有做好准备，因他从来就缺乏自信面对咄咄逼人的女服务员，这么说是由于商场的大部分服务员是女的，她们中的大部分又是咄咄逼人的，自有一种气势、一种威慑，那是她们的地盘，面对她们，他不免感到局促，就像面对超市的保安他会觉得自己是个小偷，他太敏感了，当即就处在了她们的对立面，一个囊中羞涩不受欢迎的顾客，必须用买下她们管辖的商品的方式来证明自己，他但愿如此啊，可是又不能不加筛选，永远都无法带着一种从容去选，走错了人生的舞台、就像是一个胆怯的闯入者，强作镇定，仍然还是不敢和观众的目光有接触，目光似乎专注于察看陈列柜上的货物,时时感到的却是自身的外强中干色厉内荏,意识到对方可能已经将他看穿,想逃离,可又过不了自己这一关,唯有使表演更加的出神入化,他便表演起了一个一心一意的购物者,对自己不感兴趣的商品也掂量,拿到手上比画再三,更加不可理喻不可原谅地还试了穿,试了这双又试那双,结果是早已料到了的,遭受冷眼是你应得,落荒而逃或是怀着愧疚仿佛欠了人家又无以报答,向下一家店铺走去,面临同样的境遇,抖擞精神不得不再次投入。

这就是他和商店相交的模式,这模式一旦生成,就很难改变了。要花多大的力气一个人才能摆脱过往。当你曾被某人玷污,你将一辈子在他面前是一个被玷污者,不管在此后的岁月里在你身上发生了多大的变化,碰到他你又将被还原为那个当年的你,不是只是在他眼里心里是,而是在你自己那里就是。

在走道的另一边,被这四面笔直的走道包围着的是一个长方形的阔大的中空,下面是,上面也是,往下看有些人就会晕眩,有些人会有跳下去的渴望,因担心真的跳下去他会赶紧撤离,同时嘲笑着自己在诱惑面前的反应。眼前的这个家伙或许就是这么一个家伙。

他向前走去,给自己打气,仍然有希望,希望这一回会有所改变。可是事到临头,他难免又走上旧路。带着对自己的失望情绪他父亲肯定会失望的,他意识到他就是这么一个人了,不可能像小时候父亲常和他讲到的也愿意他成为的那些历史人物，在各种刺激面前他们总是那么的镇静、淡定、胸有成竹，无疑他也曾受到鞭策，从父亲那眼角带着一粒屎的发亮的眼里看到一个小小的自己也感到惶恐，但他最终没有向他们靠拢，似乎从没做过那样的努力，轻而易举，他成为了他自己。

这是他走到的第四家，来到了它的外面他没有当即进去，在服务员的目光笼罩下他想起了一件事情出了一小会神。

明天他要去见一个人，女的，正好现在他在买鞋，在这两件事之间产生了一种联系，仿佛他买鞋是为了此次见面，这让他不那么舒畅。可又想到既然这不是他的本意，他又何必在意，何况，他不一定要穿着新鞋去见那女的，虽然，遵从他的本意，买了新鞋后他会换上新鞋——其实他大可不必因为那女的有违自己的这一本意，他就穿着新鞋去见她，让她以为他是为了见她才买了新鞋又怎样，就让她这么去误会。他点头，回到了现实处境，故伎重施、掏出手机（自从有了手机后他就用上了这一招），避免了和服务员对视，进了店。

一开始，他并没注意到这双鞋子。对这一品牌他没有什么感觉，穿的人太多了，在那些穿的人较多的品牌里它穿的人也是多的，因此他浮光掠影，加之不时去看手机、按上几个键，装作在忙于操作它，几乎把这鞋子漏了过去。他已经走过了它，似乎发现了什么，其实是出于一种把戏，又退了回来，正好停在了它面前，但还没有去看它，还在用手机，打开了手机的短信，当然没有新的，若有所思，抬起头来，看向眼前的一片鞋，它在其中，但尚模糊，仿佛它在远处，就像是用望远镜，望一座大厦，刚拿到眼前，还没有调整好焦距，在镜头里那大厦还从属于它和它周围的大厦所组成的那一整体，充其量只有一个颜色和形状的概况，混同于其他大厦，又低下头去，不能老是玩手机，要对它做最后的处理，这里那里按一下，让它发出预料之中的"啪"的一声，清脆响亮，推上了滑盖，似乎在表明这并非廉价，或许可以给他一点自信，但是不是愚蠢，使自己像那种他所讨厌的人物，他把手机放回裤袋，同时再次抬头，打算这次要给人一个专心认真看货的形象，从陈列架的最高处一双双看下来，可是心思还在他的表演上——他还在表演，目光没有真正去触及，也不是没有看到它，但只是看到了它，关于这鞋子的信息尚未反馈到他的脑子，也就没有判断，现在他就要走开了，他转过身去，正是在这一时候——在人们的一生中不会缺少这样的时刻，它可以是一种舞姿、一种注视、一张脸，可以是任何你感兴趣的东西，其实已经印入你的目光，只是由于当时心不在焉没有在意，但无疑它驻留在你的目光之中，需要争取一个空隙一段缓冲来获得它应有的地位，于是当你正要离开那个情境，仿佛目光中的那一帧画面随着视线的移动反而移入了你的脑海，这一画面中可能还包括其他的形象，脑海对此做出了甄别，它就此升起在了其他形象之上，虽然还是朦胧但其风采已足够脑海命令目光去加以确认。而在此期间当前的动作被瞬时固定：身子向着右方前倾，右脚跨出一步作为前脚，后脚脚尖着地，脚跟抬起，意欲追随前脚而去。下一个动作本应是：后脚脚尖也抬起，整只脚向前跨出，成为前脚。但它不再被实现。几乎是做作的，就像是舞台上的精心设计，他后脚的脚跟落到了地上，原来的前脚顺势并回到了后脚一旁。又面向了它，看到了它，它就在那里，变得清晰，获得了独立，从那时起，他的眼里就只有它了。

这正是他想要的那双鞋，就是它了，直觉迅速给出了肯定，甚至已不用再看，只要尺码符合，也不用试穿，直接付款走人即可，但还是得再看看还是要试穿一番，不只是因为那是习惯、程序的一部分，还由于它就在眼前，它逃不到哪里去了，既然已是囊中之物，又何必着急，他不急，他还要怀着百般挑剔之心（深信它经得起这样的挑剔）细加验看，就仿佛古代的皇帝在挑选妃子，其实他早已看中了面前那美妙的女子，但他还是看上又看下的迟迟不做出决定，仿佛这鞋子也在等着被挑中，它也会忐忑地期盼，令他从中体会到一份这样的乐趣，而另一方面，他也需要聚敛必要的情绪来拥有，它来得太过突然，他没有做好准备。

无论从哪一方面，无论颜色、线条、材质（它们其实没法分开来说），无论整体的构建还是细部的处理，无不符合他的设想（它果真隐藏起了它的品牌标志）。它就应该是那个样子，设想在此得到了具体生动地体现。仿佛在他与这双鞋子的设计师之间有过特别融洽地交流，已然心心相印，根据他那抽象的设想，它们由一些语焉不详、相互矛盾的形容词组成，比如，干净、性感、简洁、复杂、随意，后者专门设计出了它。那人不仅展现出了对于他的设想的全面深透地领会，还以其作为设计师的专业的敏感完善、更新了这一设想，使他为之眼前一亮。设想是容易的，设想成为现实则可遇不可求。他也深知，在设想和现实之间，那设计它的人有着一段长长的路要走。对那人他产生了一种相当亲切的感觉，感觉他们是同一类人，想到这世界上有这样的陌生人（自然不会缺少这样的人，但也不会太多），想象他苦思冥想或是一蹴而就（那是一回事），你会感到欣慰，以及，激励。

他还可以肯定很少人会看中这双鞋，没有人会来和他抢，就算再放它一阵，估计也不会被买走。人们经过它，不为所动，全无印象或是留下一个不起眼的印象。它是它所属这一品牌中的异类，只可能被像他这种气质的人喜欢上，因而也可以说买这批鞋的人都是他的同类，但他绝对无意挖掘出他们，就让彼此保持着这种由一种鞋子联系着的关系即可。它是异类，无论是在它所属的品牌之中，还是在所有的品牌之中，但它看起来似乎平常，不那么起眼，不过，这只是在大部分眼里是，在他眼里，它是惊艳的。可贵还可贵在这里，有两种惊艳，一种清楚明白地显示着它的与众不同之处，人们对它往往反应强烈，顿时生成，截然分明，喜爱它的人会认为它不同凡响、别出心裁、独树一帜，厌恶它的人会认为它刻意造作、标新立异、"故作惊人之语";而另一种惊艳,它这一种,不动声色,深藏不露,需要一双怎样的眼睛才能洞察到它的好?眼睛当然从来不仅是眼睛,它只为着这样的一些眼睛而存在,对于其他眼睛,难免被忽略,甘于被忽略,仿佛为了不愿被那样的眼睛选中它才设置了"平常"这一障碍,而对于那些成长中的目光,它有足够的耐心,等待其成长,等它们长到能够赏识它的阶段,它便犹如陈年老酒被越品越香。

但不一定有他需要的尺码,他有点担心起来。它已经在眼前了却有可能得不到的那种难受更甚于不知道它有没有它在哪。这双,他指指它。服务员一直就在旁边看着,凑拢来。42码有吗?他问她。拿起鞋子看了一下。这就是,她说。我试试。她把鞋口的系带放松,递给他。他拿过来,在身后的凳子上坐下。是一只左脚的鞋,他把自己的左鞋脱下,把脱出来的脚一半塞入新鞋,脚尖踏地,把另一半也送进去。正好。走两步。也不错。好的,他说,我买了。

他的两只脚都换上了新鞋。把旧鞋放入服务员给的一只塑料袋。他要把它们拿回家去,他的父亲还可以穿。他父亲总是穿他穿下的,从头到脚。小时候,他的两个叔叔穿他父亲穿下的,如今轮到他父亲穿自己儿子穿下的,事情就这么扯平了。

这就是那双红黑相间的跑鞋的由来,他先买的是这一双,半个月后又买来了一双黑白相间的。他有一个想法,他觉得鞋子两双轮换着穿会更经久耐用,这就是说,你明白的。但这不一定科学，不过，我们总把我们一厢情愿的当成是事实，而有时这是为了掩盖另外一些目的。在当前这一例子中，我们有理由怀疑，他这么做可能并不是至少不只是为了图节省、为了保护他所钟爱的那一双，使它不至于老是穿在脚上风里去雨里来的被快速穿旧穿坏，而是出于一种打扮自己的需要，因为他属于这样一类男人，他不能接受自己做出使用洗面奶、频繁变换穿着上午一套下午一套等在他眼里属于过于注重打扮的举止，他觉得这对一个男人来说不怎么像话，对这么做的人也没有什么好感，如果对方是他的朋友，他就会时不时地报以讪笑，隔三岔五地碰到了都要说上一说，"某某，你的洗面奶是什么牌子啊？""我也没觉得你的皮肤比我好。""洗面奶还在用吗？"等等，感觉自己是搔着了别人的短处，而对方呢，无动于衷，没有不快也不颇感惭愧，因为对他来说却没有比这更自然而然的了，"某某某，你看你有趣不有趣，不就是用个洗面奶，每次都说。"因而当他有点打扮自己的苗头时，他会给自己找好一个他并不是为了打扮才这么做的理由，比如，如果在冬天他要去买个帽子，那他纯粹是为了御寒，如果在夏天，他去配副墨镜（由于他是近视眼，他得配一副近视的墨镜），那当然是为了避免出门时眼睛被阳光直射了，再怎么说，比起每天用洗面奶来，戴个墨镜帽子之类总归是要男人多了，而他主要反感的也就是性别混乱这一点，一个男人就应该像个男人，那些出现在电视和大街小巷中的男不男女不女的人物常常会激起他的鸡皮疙瘩，他们的个性特征太强了,有时他没有克制住还会暗暗学上两下,这就好像当我们看到一个跛子从我们面前一瘸一瘸走过时,我们会很想瘸上几下试试,而更微妙的可能是这是有可能的,是为了当两双鞋子摆在一起时,虽然后一双也算是不俗,但相较之下前者的出色无可比拟,从而提示着他的独特品位和拥有感,如果没有另一双鞋子前来作衬托,这感觉就不会那么实在,或者,这么一来他就可以在每次出门时得到一种挑选的乐趣,今天是穿这双呢,还是这双?好麻烦哦,他犹豫着……

不难发现,在这两双鞋子上有着同一种黑色。我确实喜欢黑色,尤其喜欢红色和黑色当它们结合在一起并且以黑色为主。但正因为我非常喜欢这样的组合,我对它们具体的搭配有着苛刻的视觉上的要求,当它们胡乱拼凑在一起时其效果就是恶俗、平庸、不伦不类,在我眼里,它就要比其他颜色更不能被接受,我宁愿空缺着,也不愿意不完美,它只有达到了我的期望我才会选择它,这也正是我虽然喜欢这两种颜色,却很少体现在我的穿着上的原因。此外,我还非常喜欢绿色。但至今没有任何绿色的穿着,原因同上。不过我相信存在着适合我的绿色衣服绿色鞋子,只是我不会去追逐它们,就让它们待在某处吧,在某个恰当的时候我自会遇见它们或不遇见它们这都无所谓。

还记得最初穿着红黑相间新鞋的那一阵。我穿着它,有点紧(没到难受的程度),这很正常,我们还处在相互适应的阶段,穿上一阵它就会合我的脚了(到了那时,我穿着它就仿佛没有穿着鞋子,仿佛它是我脚的一部分脚的延伸,我将再也感觉不到它,它由于其贴切就此消失在我的脚上),只是似乎由于它是新鞋,它现在有权以这样一种方式提醒我它在我脚上的伴随,我不时感觉到它的另一个原因是心理上的,是由于我惦记着它,它属于我在我的脚上,那么光彩熠熠(在别人眼里或许不过尔尔,但人们对它的不屑一顾不会削弱我对它的好感,甚至也不会增加我对它的喜爱,喜爱它我已入无他人之境),让我感觉甚好,在那几天里,我总是早早出门,有它带着我跋涉在人间,无论多么阴沉的天气、烦琐的事务、恼心的交际都不会让我忘记不时返回到这好感觉上,当晚上进入家中,脱掉它我依依不舍,撕扯一块干布为它吸去水分,擦拭一新,存放于阴凉通风处晾干以防滋生细菌,对第二天穿上它怀着憧憬,想到第二天又能穿上它我便心满意足,像个孩子那样我早早上了床,我的睡眠踏实,一觉醒来已是天亮。

有时夜里小便,上卫生间经过它,在朦胧天光中,向它投去一瞥,它就待在那里,鞋口张开,它在等待着我,过去不属于我时它也在等待着我(对此我一无所知,而它也不知道那来到的人会是谁),那会它置身于商厦的黑暗深处和与它格格不入的群鞋中间,多么孤寂,令人心痛,到了商厦的营业时间还得接受那些不可能真正对它有感觉的顾客对它的评头论足、挑三拣四,出于误会,人们有时还会把他们从另一双鞋里刚拔出的带着异味的脚生硬地塞入它那在经历了骄傲而忐忑的等待、望眼欲穿充满了期待、懒洋洋几乎已不抱希望（大部分时间里它就这么待在店里，看身边的鞋子换了一双又一双，它都已经引起了服务员们的注意，"它怎么还没卖掉啊"，当那个嫁了有钱郎的服务员蜜月后衣锦还乡般来到她往日工作过的店铺时，她指出——请想象这情景）等阶段后仍然在其进入时不失战栗保有天真与好奇的内部，然而，它都有了经验了，正如它所判断，有时候甚至还没有来得及作出判断，它们就已拔了出来，说是不行、不舒服，或是仿佛遭受了背叛打击不置一言再不睬它，想到这里，居然睡不着了，只有想到如今它是在我的住处，彻底脱离了梦魇般的过往，心有所属，从此和我朝夕相伴，我才能感到安慰。

　　我向它走去，它看着我向它走来，一步一步，做好了准备，但从表面看来不动声色，了解这是属于它的方式而我就喜欢这样，在它旁边的小板凳是为了穿它专门放置，我坐下，拿起一只，这只或那只，不像人的两眼或两耳，不像你的父亲和母亲，不像双胞胎，不像爱，不像一个水果居中切开的两半，比所有这些关系更奇特、紧密的宿命，必须分开又在一起，如果不在一起就将取消彼此而不只是对称，于是它们，不是同一只，胜似同一只。你看着它，触摸它，五指和手掌反复摩挲其鞋尖，然后由鞋身两侧上溯大拇指和其余四指自然分开至鞋帮，再沿顶端直下鞋跟，汇合在它相对较硬的鞋跟处，转过来，一手插入鞋舌的深处，用另一只手的手掌或是单独一根手指摩挲这边，又那边，闭上眼睛，深入它带来的细腻感触，鼻尖不经意碰到了它，闻到它的新鲜气味，一种恰到好处的皮革的清香，深深地呼吸……那时候时间还早，那几天你正好有事要早起，这正好给了你正当的早起的理由，要是仅仅为了穿上这双鞋子起这么早你会不好意思虽然蠢蠢欲动最终你也不妥协，但你也不能说这一理由完全出自外部，它跟你那想早起穿上鞋子的意愿自有一种暧昧的关联，就像是一个孩子因为生病可以吃到好吃的他就渴望着生病这就真的生病了，你那时坐在黝黯房间里的一条小板凳上，你的父亲曾经告诉过你这是一条和你年纪相仿的板凳，在你童年时为了你们兄弟俩，父亲量身定做了它，其实还有一把，随着你们的长大，很少再用到它们，像所有这一些物品，一旦失去作用，便很快不知下落或者就算在眼前也是视而不见，（如果不是父亲提醒，你也已忘了小时候你坐过它），两年前，你的父亲在老家发现了它，便把它带来了城里，在时隔将近二十年后它又派上了用场，如今当你每次出门你都要用到它，如果这是把椅子，它太占面积又太高了坐着它穿鞋就不及一条小板凳那么便当，并且，它来自你的童年，带着你自以为是的记忆感受，或者虽无记忆，但想当然地带着你曾经坐过它这一事实，你又坐在了它上面，多么亲切，久别重逢，你的屁股已然增大，你的重量远胜往昔，你的背已不再直如当年，你的双手捧着一只鞋子，你的鼻子紧贴着它——现在你稍稍直起了身子，脸离开手中仍旧拿着的这只鞋子，抬起脚来，把鞋子拿到脚前,分开两边鞋帮,翻起鞋舌,这时候一缕晨光正好照到你的手上,你看着它,并无必要向着天花板的方向抬了一下头以证实你的周围确已亮了许多,继续看着你手上的阳光,看它一寸寸前移去扩展它的领土,而阴影淡化退却,无以为继,以你的手为战场展现了一幅你进我退的鲜明图景,仿佛刚才忘记接下来该干什么了此刻恍然大悟你把脚伸入了鞋子与之同时鞋子在两手的作用下配合着脚,一个前伸一个后靠,脚接触到了鞋子的底部,一路滑行无阻来到其顶端,顺势拉上鞋跟,至此,这脚已被完全包含,系上鞋带,你便已穿好了它。

然后是另一只,穿上它是当前必须之事(这不仅对于它们、它们的它,似乎也对于穿它们的人),当即,通过我的双脚,它们完美地合为了一体。

你穿着你心爱的鞋子来到街上,人潮往来,你生平第一次留意起了人们的鞋子。红的白的黑的黄的蓝的,皮鞋布鞋板鞋凉鞋帆布鞋,新的旧的不新不旧的破的,尖头圆头平头,高跟中跟低跟,似乎有多少人就有多少式样的鞋子,当然也没几双给你留下印象,因而也不能说就没有两双一模一样的,不过可以肯定没有一双和你的一样,你看看自己的鞋子,带着它的主人的意愿,抑或更多的是出于日常的惯性,(你继续看着它),又仿佛它已脱离了你的控制,以一种中等的匀速自己在行进,其他人的也是这样,那么多的鞋子带着那么多的人向着各自的前方走着,或快或慢,在没有鞋子的年代里,人们就赤脚走在这大地上，有时候，某双鞋子引起了你的兴趣，你也会抬头去瞧它的主人，大部分时间里你都低着头（比平视低一点，比看自己的脚时高一点），目光依次扫描着人们的鞋，目光很少停留在一双鞋子上，因为很少值得你加以留意的，更因为应接不暇，就算你想好好看看某双鞋，但转念之间它已经过去了，进入你视野的已是另一双鞋，你只得放弃了那样的打算，接受了这样的安排：任由双双鞋子平等地从你眼里经过。很快，就给了你一种别样的感受，一种当你带着观察的目光去看这个世界时你就会有的感受，你感到新奇，感到这里面自有一种特别之处，不乏神秘，以及，这双双鞋子似乎在你眼前串联了起来，就仿佛你置身于鞋子的河流，也许只是因为你长时间低着头看不是你习惯的姿势，你感到轻微的晕眩，站立不稳，靠着路边的一棵树你站住，拍拍额头为此感到了可笑。

后来你上了地铁，坐在高速行进的地铁的绿色长凳上，你可以更加从容地（当长时间低着头行进，可能会引起迎面而来的人的注意）观察，并且，这些鞋子几乎不动，每一双都固定在你的眼皮底下，就像是一些特意为你赶来聚集在一起的标本，使你的目光可以久久落在它们身上。于是，不为它们的主人所觉察，你看着它们，不动声色，有一种正在背着他人干秘密之事的心得体会，在此，和这些鞋子你们形成了同谋，它们不会泄露你的行迹，任你审视发呆，也拿自己的和它们作比较，更加地感觉到自己的好。当你在这些鞋子中发现一双不错的，你就可以牢牢地看着它，从中得出结论它虽然不错，但你穿着的这双更适合你。并不是所有的好东西都适合你，这你明白。有些人买了这双，回到家后就会觉得没买的那双更好，念念不忘那一双，这种感觉自然不一定正确，也不一定就一定不正确，不过，我还是倾向于认为人应该相信自己的直觉，有时候会有这样的情形，你看中了一件衣服，买下了它，但第二天当你穿上它时，你发觉它并不怎么样，你感到失望，束之高阁，然后，在隔了一段时间之后（一年半载或是几天几个星期）你穿上了它，或许都已经忘了关于这件衣服有过的那些想法，一天一天有一天，你看着你身上的这件衣服，忽然感到它很适合你，使你都有点操心当你穿破它后到哪里再去买同样的一件。

  地铁到了一站后下去了一批鞋子，另一批补充了进来，不抬头，从鞋子就大致可以猜出它们主人的年龄、性别、身份职业甚至是性格、状态。比如学生，显然，穿跑鞋的居多；上班一族中，比如说商务人士，穿皮鞋居多（像这样一些职业不像军队在各方面有着明确的规定，但它们有无形之规——穿着是其中一个方面，这种无形之规在被遵照执行方面并不逊色于前者，一旦进入其中，大多数人便会自觉地模仿趋同，不过这些人可能本来就是这么一副行头他们之所以选择这一职业走上了这条道路也正是因为用一句俗语就是说"他们的血液里就流着商务的血"，而如果你自有一套，依然我行我素，你就会被另眼相看，这势必妨碍了你的工作前途、融入其中）；而老人们他们不约而同地穿着那种灰头土脸的网状旅游鞋（这也是一种参照的结果）；中年人穿皮鞋的要比年轻人多；女鞋和男鞋肯定是不一样的，某些细节清楚地表明了这一区别；一个乞丐的鞋子没有其他人的合脚这是由于那是一双捡来的鞋，大概他是个专门在地铁里行乞的人，你已经第二次在地下铁里看到他了，之所以能够确定是同一个人，是因为上一次也是这样，伴随着乞讨声，此人拖着一双过于宽大的鞋子从一节车厢来到另一节车厢；一个焦躁不安的人他的鞋子一直在动来动去，一个悠闲的人的鞋子也在动，这两种动看上去何其相似，其实根据它们动的频率是可以将它们区分开来的，前者的心思完全不在鞋子的动上，这动也就无丝毫节奏可言，后者则随着它主人脑子里的音乐打着节拍呢；一个穿着这么一款皮鞋的男人可能是一个女性化的男人，你抬头，但他不是，只是一个穿了一双不合适的鞋子的人，他自己也清楚，你看他那样子都不怎么好意思看人，目光飘忽，大概一心只想着赶紧换掉它。

"不知道有没有人留意到我的鞋子"，如果有人留意，你当然会很高兴。但如果对方向你讨要，你愿意为了这样一份认同将它拱手相让吗？正常情况下，对方（就算是你的朋友）也不会做出讨要你穿着的鞋子这样的举动，他可能会问你鞋子是哪里买的，你就告诉他地址，他"哦"，目光又回到刚才一直在看着的你的鞋子上，点点头，说"真不错"。大概就是这样。

当你到了单位，你也希望有同事会发觉你穿了一双新鞋并对它大加赞赏，但事实是他们根本就没有注意或者看是看到了但却没感觉——要是在某个阶段，你会无法理解人们的这种反应，面对在你看来如此美好的事物，有人却毫无感觉，这在你是完全不可理喻，你还以为所有人都会像你一样感同身受，怎么可能这样？只不过是，后来你进步了长大了明白了，一度你还曾为他们欣赏不了那样美好的事物而遗憾，然后这遗憾也不再有了，为他们遗憾干嘛？你是心平气和地这么想的。

在单位会议的间隙，你跷着二郎腿坐在一个女同事旁边，终于你指指你的鞋子，问女同事，怎么样？后者看了一眼，说，不错啊。听得出来这是一种敷衍。不过，你也不介意，就没期待她会怎样。嗤之以鼻，可能性不大；而如果随便逮着一个人就爱不释手，这倒说明了你的品味很大众很一般。所以，对于那女同事的反馈不能说是满意嘛，说是符合你的认知也就不会有失落肯定没问题。总之，在这里，重要的不是对方的反馈，重要的是你需要释放一下你的喜爱之情，至于对方是谁又做何反响真的算不了什么。

那半个月你天天穿着它，由于经常意识到它在你的脚上，那还影响了你走路。你有个习惯走路时老是会踢到东西，如今须一路提防着尖石、铁刺之类，那会又老是下雨，那些硬东西在雨的掩饰下神出鬼没，此外你也不想一脚踏进水坑里去，你举着伞，努力察看着地面，择路而行，看清楚了才落脚，只有当前面一览无余没有任何可能对鞋子构成伤害的障碍时，才恢复了往日的步调。你一向走路很快,太快了,你的那些女友没有一个不曾抱怨过这一点,走着走着你就把女友和目的地都给忘记了,当你回过神来,早已过了你们要去的那个公园,周围已经不见了你的女友们早已不见了,在身后很远的一条长凳上,有一个女的坐在那里,但只看得出这是一个女的,不能确定那就是你的小女友,你向她走去,慢慢地(这也是不得已,有一次你飞快地奔向身后长凳上的那个女孩,临近了却发现不是,后来你是在路边的一条小弄里找到她的,刚才她就蹲在那里,看着你从她面前匆匆跑了过去),四处张望,等走到一定之近看清楚了那已经改坐为站、双手叉腰的女孩就是你的女友,她都快要抓狂了,你有一个女友就是因为忍受不了和你出去时老是被你远远甩在身后而在回头找她时却又这么慢才和你分手的。不过,那一阵子,和你新结识的女友——除了小时候和你的母亲你从没和一个女人这么同步过。当你伸出右脚,她正好伸出左脚,你们的这两只脚就贴靠在一起,然后你伸出左脚,她伸出右脚,在这之间是你们各自不动的另一只脚,然后你又伸出右脚,她伸出左脚,这会拖在后面不动的便是你的左脚和她的右脚了;走了一会你又发现,你伸出左脚时你女友伸出的也是左脚,然后你伸出右脚,她也伸出右脚,你们一直都很协调,关键是双脚的位置一直处在同一条水平线上。这样一起同行了几天,在似乎你走路快是一门绝技而这门绝技还没有被你目前的女友领略到这样一种想法驱使下,你告诉她其实你走路很快,

"哈哈哈，你？"她大笑着，看那样子是怎么也不会相信的。也就是在这个时候，你决定再去买一双鞋子，而这确实是保护现在的这双鞋子的一个强有力的措施。你告诉你女友你之所以这阵子走路不快是由于脚下的这双鞋，如果换上一双——开玩笑，她很冷静地头也不抬地说，她正站在镜子前像个六七十年代美国好莱坞电影中的女星头发用毛巾包着用一根小扫帚那样的东西不厌其烦地描绘她那眼睑的周围，显然她已不感兴趣你说的。你不甘心，便告诉了她你前女友们的遭遇。她干笑了两下，认为你是在虚构，又说：你有很多女友吗，哼！在这过程中，她一直目不斜视地对着镜子。就先让她这么猖狂着吧。也带着这样的动力，几天后，你去买来了黑白相间的那一双。当你回到家换上新鞋前去接你的女友时，那未来的画面清楚地展现在了你的眼前，你不由慈父般的笑着摇了摇头。只不过，这次有所不同，你女友气得大哭了一场（比之前所有女友反应都激烈）是由于她认为你走得这么快是故意的，你是借着换了双鞋子来刺激她，你存心不良。不知道该怎么和她解释才好，更为烦人的是那天和她一起在外面你都不会走路了，你怕你不知不觉走快了又惹恼了她，可是，这种有违习惯的慢也太别扭太难受了。（可你还不能这么说，如果她就此责问你"为了一双鞋子你可以忍，为了我你就不能了？"你将无言以对。）

　　要确定事实确实如你所说是两天后的事，那时她也感觉到了你对那双红黑相间的鞋子的喜爱，她还不失为是一个会观察的姑娘。

　　我看你很喜欢这双鞋子。

　　是啊，不是和你说过吗？

　　那你喜欢它呢还是喜欢我？

　　这真是一个傻问题。不过你还是毫不犹豫地给出了答案。后来你想到，你的鞋子和你在一起的时间或许要比你的女友和你长。当这样想时你并没有带着伤感或者别的什么人类情绪，那完全是从纯数学的角度考察的，就是说你的鞋子和你这样一种组合的持久性可能要胜过你的女友和你这一组合，在此，一切无非是组合现象。

　　那天穿上了黑白相间的那一双，你就把它脱下在了门旁，等你随后接了女友又回到家中，你做的第一件事就是用途中特意去一家大超市买来的鞋膏（是那家超市里最贵的一瓶鞋膏，要五十多，便宜的也就五六元）给它上了油。这是你第一次给它上油，幸好你想要让它休息上几天，不然你都想不到要给它上油这事。你问蹲在一旁似乎很想给你帮点忙的女友鞋子怎么样，你女友认为很配你，这算是一个还令你满意的答复——如果她主动说出来那就更好了。

　　有五天之久你就没有穿红黑相间的那一双，它一直待在门旁，不知它明不明白你的良苦用心，想到每次它以为你就要去穿它，一如既往地做好了准备，可最终你却穿上了另一双，它会不会失落伤心？可你这完全是为了它好为了你们好啊，有人故意中伤，说你这是喜新厌旧，永远会有这样的一些人会出来说三道四，你倒不会去责怪他们、你对他们根本就没有理会的兴趣，因为这就是他们的生活，他们以此为生，你只是希望它明白你所做的这一切都是为了它，如果它不明白——它不会不明白的。

　　五天是极限（带着一种挑战的心态，为了考验一下自己，也参考了气象的因素、地表的状况，你定下了五天这一期限）。在这五天里，每次在去穿鞋子前，你都磨蹭着，以便延迟事实的到来。而当你最终穿上了另一双，你会自言自语也仿佛是在和它说：今天我已经穿上了，就不脱掉了，明天我会穿你的。你穿着这一双，心里想着那一双，觉得这一双好不舒服，不仅脚不舒服，看着也不舒服，跟裤子也不怎么搭；有一天，你在街上还摔了一跤，你迅速爬起来，仿佛什么都没发生过，其实摔得你很痛，要是那天穿着红黑相间的那一双，你觉得你就不会摔这一跤。随着规定的日期的接近，你穿上红黑相间的那一双的愿望愈益迫切。第三天你就很想穿它了，早上当你走向它们时你犹豫着，最终还是克制住了不管不顾的冲动，为了长久之计，做出这样的牺牲让步还有可能一时不被它理解是值得的。第四天几乎就是煎熬，恨不得回去穿上它，幻想着你脚上穿着的就是它，但那不可能是它，那感觉完全两样，你怀疑此举意义何在？明明就是自找罪受。当最后一天起床，你觉得你都没有把握到时会不会变卦去穿上它，总算还是坚持了下来。而当解禁的那一天来到，无法设想还不能穿上它，"如果今天还不能穿它，今天我就不出门了。"你想。你穿上了它。仿佛你劫后余生焕然一新，那天和你打过交道的人（主要是你的同事们）都觉得你的精神状态特别好，待人接物充满了热情——你从来不是一个热情的同事，这就像是你的一个朋友，当他喝了酒后明显就要比不喝酒时温和得多，这样的差别是容易感受得出来的。

你并没有因此接下来一直穿着红黑相间的那一双穿了很长时间，如果是这样也就枉费了你一个星期不穿它，自那以后，你轮流穿它们，今天穿这双，明天穿那双，或者两天穿这双，三天穿那双，应该没有什么规律（天气不好的日子里可能穿黑白相间的那一双多一些），总体而言，穿红黑相间这一双的时间还是要多一些——如今它们的新旧程度可以为证，红黑相间的这一双要比黑白相间的这一双脱色明显许多，鞋跟处的磨损也厉害（特别是左鞋的左边后跟、右鞋的右边后跟，证明着你走路时重心在这两侧），两鞋后帮的内衬都被磨出了一个洞。保护它和穿上它是一对矛盾，两者都是出于对它的喜爱，最终还是穿上它稍占了上风，毕竟，你买来鞋子是为了穿它。

那时，你便向它们而不是只向其中一双走去（看到摆在一起的它们，一双比一双出色，可能确实让你感觉更好），（大概它们都以为你是在向自己而不是向对方走去；是否彼此也会对看上一眼，主导着这对视的不是惺惺相惜就是不屑、骄傲；但面对着一个捉摸不定的主人，等待着他的挑选，必然都怀有的是忐忑不安的情感），常常面临着穿哪一双的问题。有时已经想好了要穿哪一双，比如"我已经穿了三天红黑了，今天穿黑白吧"，但主意也有到时被改变的情形，到时穿的可能还是红黑；常常是带着问题，比如，某天早上虽然出了太阳，但路还是有点泥泞，你从窗口收回视线，"我穿哪双好呢？"直要等到已经坐在了小板凳上才能做出抉择，很难说清楚是什么促使你做出了这最终的抉择，这一路上也就几步路你不断地自问"穿哪双好呢，穿哪双好呢"，然后，当你坐下，并没有给出理由仿佛已来不及给出，你就拿去了其中一双，穿上了它。

不过这样面临着选择为时不久。最近的情形是，你向它们所在的方向而不是向它们走去，因为你甚至都没有想到穿鞋子这事更不要说哪双鞋子了，你只是顺从多年来的习惯走向那个方位，就算是已经坐在了小板凳上，你都不会去想，你随手拿来一双（也只是在伸出手去时，偶尔才会有那个关于穿哪一双的想法闪过，于是有时当你的手伸到了某一双面前，仿佛是要拿起它，实际不然，随即你的手移向了旁边的那一双，你最终拿起的是后一双），似乎早在你走向它们之前你就已想好了要穿哪一双。（这种情形在最早的那个时期偶尔倒是也有）。这应该有很长时间了吧。联系到你也已很久没有将它整齐摆放为它擦拭、上油（那支鞋膏还在，还有大半），你觉得原因是你对它的喜爱早已、很快就不再热烈了。一个星期前，当你意识到这一点——那时你正在想和你女友的事，你想着那事，突然（但这两者之间也不是没有关联）思路来到了这双鞋子上，它就穿在你脚上，你看了看它，你也没有什么惊骇包括对直到今天你才意识到这一点。说起来是很正常，对于曾经和我们海誓山盟爱得死去活来的人尚且有可能如此，对于一双鞋子那就太正常了。不过，如果是在海誓山盟的阶段一下来到了必有离分的终局，那会是难以接受的，情感唯有历经了缓慢渐进的变化的过程，这才不知不觉间，已能坦然接受一种深刻的喜爱淡定到了这般地步。等穿破了这双鞋子，你想你是不会再特意去买同样的一双了。而在最初的那个时期，你曾念念不忘想备上一双。当然，对于这双鞋子你也不是不再喜爱了（如今有时当你坐到小板凳上，你也会产生"今天穿这双红黑相间的"这一明确的想法，随后，在这一想法指引下，你拿起了它穿上它），这种喜爱肯定还是要超过另一双，只是这喜爱不会将你束缚使你不想去尝试新的鞋。

在过去的一个星期里，由于意识到了曾经如此热烈地喜爱它，你会带着爱的回忆打量着它穿着它；也会问问自己，那时你怎么会这样对待一双鞋子，它真的值得你这么喜爱吗？那时的你又处在一个什么样的状态呢？有一天回到家中，你还对它擦拭了一番，很长时间以来的又一次，或许是最后一次了，你预感到这一点，且不说你这方面你不太可能会再这么做，还有就是它现在已经是一双很旧的鞋了（那次你又注意到鞋子的前帮有好几处开线，鞋面的皱裂也更多了），伴你度过了两年又两个月，在你脚上的时间它不会太长了（一般一双鞋子你也就能穿上两年，就算两双轮换着穿真能起到保护的作用，那也不会长到哪里去）。

昨天，你和你那位难得的能跟上你步伐的女友分了手。自从领受到你的绝技后，她就一直赌气地在努力加快自己的步子以便能和你肩并肩，她做到了。当你离开她昨天你穿着它从秋雨中回家，她以后的男友将跟不上她，想象她大步前行把她的小男友远远甩在身后，你感觉到鞋子进水了，那是渗透进去的不是瓢泼大雨再怎么新的鞋子也要进水，你因此感冒了，你觉得它已不能帮助你抵御这个即将到来的严寒冬天——据说今年冬天会非常的冷，你得换掉它了，当然在天气好的日子里它还可以穿，也或者给你的父亲，让他去修补一下，他可以穿，对此你还没有决定，这也不是那种需要经过深思熟虑才做的事。

而今晚，在和它经历这一切以后你来到了今晚，今晚你回顾、想象它一生命运轨迹，当脱离你后，十有八九，它将属于你的父亲，如果他不送人，他也不好意思送人，虽然你们有很多穷困的亲戚，但他们都是要面子的人，于是直到被你父亲穿得不能再穿，扔入了楼下的垃圾筒，头朝下跟朝上，当你经过，视而不见，已彻底忘了它，而后不知它去往哪里，无非是那些地方，通过某个人的脚继续发挥余热？那人不会是最后一个，想象它历经一个又一个主人，涉足一段又一段人生，直至残破不堪，终于不再被任何人需要，一个乞丐经过但无动于衷，一个孩子飞起一脚将一只踢到路的另一边，画面定格，就这么分开了，一旦这样的分开来到，绝对要有一种鬼使神差的力量才能让你们重又一起，都清楚这不过是梦想，从今往后，分头游荡，也不再与人为伴，不由自主但从来如此，最后看你是被铁铲带走，而我不久也被一只流浪狗叼离，走了一段又放下，在那个小山坡下也不知过去了多少年，日晒雨淋，大雪掩埋，等到第二年春天身上长满青草，有一年洪流席卷，和垂死的人类一起浮沉，当朝日初升，也照在身上，从此辗转于堆堆垃圾之下，腐烂日甚，加之一路上不断地丢失着部件，今天一块鞋皮，明天一截鞋带，四分五裂，渐不成形，已不再像是我，已不能想象这是我，恐怕你见到了也认不出我，大概你也是这样，不知如今你身在何方，是否也把我想起，后来我又重见了天日，继续顽强地存在，继续缓慢地分解，直至你我已不在，而它还在那里，种种偶然巧合，当有一日位于山巅，以一只鞋的三分之一的形状挂在了一棵树的枝头，仍不失为是一只鞋，从没有离天空这么近过，仿佛只要一跃就可以和满天星斗为伍，就在那，在那月光普照的冷夜里想起和另一只被人爱护至深的往昔，但一颗如此沧桑了的心哪会再有感伤，如此平静的群山中的一员，山风扑面，此刻我站在窗前，窗外夜空湛蓝，打算明天就去买一双新鞋，要很保暖，想象着穿上了新鞋，把旧鞋放入服务员给的一只塑料袋，是否它那时也会感到巨大的自由前途未测可能无限豁然开朗

献给 Green

第八章　在继续之中

他忘关手机了。他妹妹打来电话,说是要带她那位来见他。什么那位?他的心思还在他的工作上,(他的目光不曾离开电脑显示屏,光标正在句尾处闪灭,在将他呼唤),另外,由于自己的疏忽造成了工作中断他也不无懊恼,这也干扰了他,不过,话一出口,他就想到了是怎么回事,便接着说道,我知道了,你们来吧。

哥哥,你在忙吧,我等会再打给你。

嗯,你说吧,你们明天来吗?

我们坐明天下午两点的火车,差不多五点半就可以到了,哥哥你来接我们。

我知道了,我会来接的。

你要待他好一点哦。

会的。他说,他听出自己的语气是严肃的,便笑着补充道,放心吧,我们不会打起来的。

我们怎么可能打起来，呵呵！就算我讨厌这人，因为妹妹，我也不会不给他面子，说不定我会喜欢上他。他觉得妹妹的眼光应该不会差，否则还是他妹妹吗！不过，感情这种事说不准，有些女的（他见到过这种女的）在其他所有事情上都很完美，光艳逼人，唯有在感情上却遭遇了阴沟翻船，令人大跌眼镜。

搁了电话他去小便。他又想到一个多星期前他妹妹来过电话说要和这个男的分手，现在怎么又要带来见他了呢？他不怎么想见他，也许此人也不想见他，和他一样也是为了妹妹才愿意这么做。他可以想见，妹妹对她的"男友"必定是这么说的：我哥哥人很好的，他对这种都无所谓，他只要我们好就好了。可事实真是这样吗？他认为就算妹妹内心里也不敢对此打包票，如果她真的相信她所说，那也是因为她只愿意这样相信。而他扪心自问，他当然是有所谓的。谁愿意自己的妹妹跟着一个有妇之夫，且，这个有妇之夫已经清楚明白地告诉了妹妹他不会离婚。

如果这个家伙是个彻头彻尾自私自利的混蛋，并且又很狡猾——想到这里，他便非常担心妹妹已经陷入了那种可怜卑微的感情境地难以自拔，仿佛这已是无可争辩的事实，他不由得自责，怎么早没想到呢。

这么一来他就再也定不下心了，他已经回到了电脑桌前坐着（扫了一眼时间，不知不觉已经到了他平常收工的时候），但满脑子都是妹妹的事。

要命的还在于在这种事情上他根本帮不上忙,这绝对属于一个人冷暖自知的那种事,好也罢,不好也罢,全凭自己体会自己衡量当然也得由自己来承受,就是说"这是我的事",大概每一个当事人都是这样想的,尤其在有人持反对意见时,她仿佛是在认真地倾听你的意见,但实际上,她只拣她愿意听的听,而你越是反对她,她就越有可能会像抓住一根救命稻草那样紧紧不放。(奇怪的是每个人都有自己的一套,每个人都按照自己的那一套过活,人们又是在什么时候发展出他们各自那一套的呢?自然了,妹妹也已经有了她的那一套)。

但想到这一点,对于他的自责不是安慰。自从妹妹工作后,他对她关心显然少了,还不是一般的少,想过去他对她真可以说是无微不至,就连她痛经,他也会一再地嘘寒问暖,很多年里,她就处在他这个做哥哥的照顾的阴影下,有时大概也不堪其扰吧,而随后他却来了个一百八十度大转弯,从此便对她几乎完全地放任不管,不知她察觉到了这种鲜明的反差没有,是不是在内心的一角在为此责备他?

回家途中他也在想着这个事。他最终得出结论他所能做的只能是眼睁睁地看着妹妹自生自灭(不仅是在她感情一个方面),从这一点而言,就算是妹妹也是外人。

天色阴沉。下车时他不由自主地缩抱了一下身子。在车子里因为开了空调可不觉得,在这之前刚坐进去时也还好,现在身体已经热了,再换到一个冷的环境里,冷感就尤其明显。他患有慢性咽炎,加之他的这辆二手车的空调不太灵便,他很少开空调,但他不想让他妹妹的那位误以为他这个做哥哥的很俭省,"这么冷的天气空调也不开",虽然他又觉得他其实不必这么想。

这是南方典型的就要下雪的天气,下雪就是这一两天的事,也许就在今晚,在远近灰沉沉的天空底下,周围的景物具有一种特别的清晰度,和它们在初升阳光照耀下所呈现出来的清晰不同,那是由另一种性质即寒冷造成的,清晨的阳光使房屋、树木、街道还有一切活动着的物体变亮,使它们不仅吸足了光还将此溢射出来,寒冷则锐化、凝固着这一切,使一切线条僵直、行动刻板、不容暧昧。在这样的天气里,人们难免手脚不便、小心翼翼,但仿佛是作为一种平衡,人的脑子却异常的清醒,有时候,手脚的反应跟不上脑子,于是,就在他的眼前,一个骑自行车的人"喔唷"一声连车带人摔倒在地。

他上前搀扶,后者摆摆手示意自己来。他关切地看着此人站起来,扶起车子,调整了一下,走了两步,而后便骑上车冲他点点头埋头前行。

向火车站出口处走去时,他给妹妹发了条短信,收到回信说他们就到了。这时他听到火车由远及近的轰隆声。他抬起头来。火车在减速正趋于停顿,这也可以从声音上感受得出来。无疑这一班就是妹妹乘坐的那一班。

接客的人群一致地望着出口处弧形门洞的里面，自前方十几米开外的墙角已经出现几个走在前面的乘客。三轮车师傅们推着三轮车围拢了过来，他让到一边，以便不妨碍他们。这对他其实是一种新鲜的经历，但却又是那么的熟悉，仿佛他不止一次来接过站——不止一次的是他曾从外地返回下车出来见识到这样的场面。

一开始出来的几个乘客他们显然抱定了不会有人来接他们的想法，并且甩开三轮车师傅的拉拢大踏步、目不斜视地通过两边接客的人群形成的包围圈，从中间无形的"乘客通道"走到外面的广场上去了。他们几乎是骄傲的。如果说这几个人是这支队伍的先锋的话，那么，随后来到的便是其大部队了。人流摩肩接踵，源源不断，从黝黯的门洞里被吐露出来，随即渗入了接客者的队伍，与之打成一片。要不是由于被接走的人总是大包小包而来接的人普遍轻装上阵，就很难区分这两者。比如说眼前的这两个男人，直到快要走过他面前时他才注意到他们，他们都一身空空，双手插入上衣口袋，你又怎能凭其中一人在喋喋不休地说话一个劲地摇头晃脑就认定他是来接的那位，完全有可能他是被接的那位，（还有可能就是他们都是乘客）。他带着观赏的目光留意着这一切，也没有忘记在乱糟糟的人群中搜寻他要接的人。

相对于其他接客的，他处在一个外围边缘的位置。那里正好有一块条石，并不怎么高，但当他站到上面时他有一种尽收眼底的感觉。这里无疑是接客的最佳位置，不会有视线受阻漏看了乘客的问题，显然要比其他人有着更为全面开阔的视野，又避免了和其他接客的产生身体上的接触。这甚至使他不像是个来接客的，只是由于他所在的位置离人群并不远仍然还是处在他们的范围之内，条石呢，也不高得过分，也就不会导致他有某种搞怪之嫌，仿佛他是个特地来这里看风景的或者，干脆就是神经病，从而如他不愿看到的引得经过的人们不由自主地向他举目眺望。

当然，他自己还没有意识到他处在了一个最佳位置。不过，必须这么说，每个人的任何一个选择就算是无意之举也是他不可割离的一部分。那貌似无意偶然，其实也绝对地符合他的个性。一个了解他的人必然会觉得他处在这样一个位置最正常不过，他就应该站在那里，这正是他的位置。

但也许从一开始他就已意识到了这一点。不要以为他不可能意识到，他远比你要想得透彻，对于自己的举动他自然有着清醒的认识。

有好几张乘客的面孔似曾相识，其中的两个也看了看他，双方的目光一经交汇当即错了过去，那仅仅是似曾相识、面善，可能以前在哪里见过，但并没与之打过任何的交道。他从羽绒服口袋里掏出手机，想看一看妹妹是否又发来短信。不能保证他们一定还在里面，说不定他们已经从他眼皮底下溜了过去而不为他所察觉。不过没有。他从手机上抬起头继续去看人群并把手机放入口袋,这一次,一张熟悉的面孔映入了他的眼睑。

差不多同时后者也看到了他,很明显地愣了一下,目光一亮透露了她内心的意愿,大概以为他是来接她的,可又觉得不对,"就算,就算,他又怎么知道我今天要来",她便反应了过来,他不是来接她而是来接别人的。他们用眼神和微笑确认了他们在此相遇这一事实。他看着她向他走来(也可以说在向外面走去,只不过是选择了一条需得经过他身边向外面走去的路),然后意识到他看着她的目光是平静的,平静,带着点审视:在这么些年彻底断绝了联系后她变得怎样了?

不是来接我的吧。

他笑笑,注意到她脖子上的绿色围巾是他送她的那一条。告诉她他来接妹妹,他妹妹的男朋友要来。

哦,还好吗你?

好啊,你呢,还在那个杂志社工作吗?

换过了——她的手机响了,在接听电话时她的头偏向了手机那一边,仿佛顺便地她瞧着他。

你不用进来了,我就出来。她搁了电话。

妈妈,她说,我去了美术馆,对了,蝈蝈,我和他现在是同事。

蝈蝈也来上海了?

嗯,他去年就来了。

一时他接不上话来。他们沉默着。

你——

妈——

两人笑笑。

妈妈等着，我先走了。

他点点头，但她没有就走，她笑盈盈地问他，你要对我说什么呀？

没什么，结婚了吗？

没有啊，没人要。

她的目光当即从他脸上移开，她向前走去，没有拉行李箱的那一只手向上举起，左右摆动，以示告别。

当他们还在一起时，出于好玩，她曾多次和他探讨如果他们分手某日意外邂逅，彼此会如何反应。不管他们做过哪些假设，眼下这才是正确答案。

哥哥，这谁啊？

你们来了，哦，是以前认识的一个朋友。他从前方收回视线，和他妹妹的那位点点头。

他带他们去一家小饭馆吃饭。这是他临时想到的，灵感来自于刚才、她，以前他们吃饭总是去这家小饭馆。这家饭馆地处僻静，价廉物美，炒菜的阿姨便是饭馆的老板，唯一的服务员小胖就像是邻家小妹。以前，每两个星期至少一次，一般是在星期六的下午，她从上海赶来和他做爱，（那是做爱的最好时段，仿佛食欲在性欲得到满足后也要求满足，这之后当人们置身于明亮的餐厅，吃着可口的食物，是一件非常顺理成章的事情，在这样的顺理成章中就会产生一种特别惬意充实之感），事后，差不多也就到了晚饭时间，他们就会来这家他们都很中意地被她称之为"我们的饭馆"的小饭馆。

这是他第一次带她以外的人来，一个人他也不曾来过。一切都还是原样，几年的时间在这里似乎没有发生任何的作用，至少表面如此。他们来早了，仅有的四张小方桌都还空着，电视机已经开了，播放着某部台湾还是新加坡的连续剧，几年前似乎也是这部，放了几年还没有放完，想来是小胖爱看的节目，她送完快餐盒进来时站在他们的桌边看着，以前她也是这样。发现他突如其来，她还是挺开心的，她一眼就认出了他，小胖是个非常单纯的姑娘，她看人时的眼神说明了这一点，这回它还带着这样的疑问：那个姐姐呢？

他问妹妹的男友喜欢吃什么菜，后者说随便的，妹妹说她要吃海鲜，她已经好长时间没吃过海鲜了，馋死了。应该早说，明天带你去专门吃海鲜的地方。他说着，去了厨房。

阿姨正在忙碌，他和她打了个招呼。在他的印象中，她从没有出来过厨房。这家饭馆很小，生意却非常好，这就造成了阿姨待在她的那个小天地里一个接着一个炒菜起不了身，顾客如果不进去点菜、买单，仿佛就算在这里吃一辈子也没法和她照上面。他点了五个菜，都是以前吃过的。

这里的特色菜是一种五香牛肉，不蘸酱油也可以吃，只要还有，他每来必点。小胖很快切了一盘出来。他本想向妹妹和她男友做个推荐，但又不想给他们压力，他特别敏感可以说是厌恶看到人们为了迎合他做出任何的违心之举而这又是由于他的问题（如果他推荐，他们却觉得不过如此可又不好意思表明他们的真实味觉就只好勉强自己这不仅会体现在口头上还得用行动来表明就是说得把这些牛肉一扫而光），他便不露声色（这么做还有一个原因：人们往往对他人大加赞赏的东西不以为然，怀着苛刻、挑剔的心态，有时这甚至会扭曲正常的判断，或许他不推荐他们会很喜欢这盘菜，但经他一说他们就会认为它一般般了）。当然，他是很在意他们的反响的，他默默留心观察。他们没有说好，也没有说不好。令他欣慰的是从他们一阵猛吃很快就几乎吃了个碗底朝天的架势来看（他就少动了几筷），他们对这个菜和他一样是认同的。

　　我给你买了个汤姆古里古，呐。妹妹从包里拿出一只造型别致的毛绒玩具在他面前晃了晃。好不好看，好不好看，不要让妈妈晓得噢，是我带来的。

　　买这个给我干吗？

　　送给女朋友啊。

　　我现在又没女朋友。

　　那你赶紧找啊。

　　哦，这牛肉味道还可以吧？他说。

这个蛮好吃的。妹妹的那个男的说。

妹妹的男友不太说话,这应不是因为和他不熟或者是自觉身份尴尬所致,是本就是这样的人。不知为什么,也许是他也是这样,他一直很亲近话不多的那一类人。但这也并不是说他就讨厌很能说的,他也喜欢朋友中那些健谈的,跟他们在一起时他就可以如他所愿的不用说话、少说话了。

这也不像是个险恶的家伙。一个人活到了三十五岁这样的年纪,他的脸已经成形,他的脸是不会骗人的了。在这张脸上没有时下普遍的精明,油滑,奸诈就更谈不上了,但也不是酷、无所谓。如果说他不喜欢精明奸诈,他也同等程度地不喜欢装酷、自以为是。眼前的这张脸是一张认真生活的脸。也许这样一张脸后面的这个人会是复杂的,但这种复杂是为了对生活进行必要的平衡,既然已不再单纯,就应该深思熟虑,因而,那即便是复杂的也是一种努力使自己以及身边的人朝向好的一面的复杂。他不认为得出这样的结论是过于武断了或者是推己及人想当然,他能理解妹妹喜欢上这样一个男人(但他丝毫也没有改变她应该离开他的想法)。

哥哥,我想唱歌。

就今天吗?

嗯,我已经有半年没唱过歌了,我都快有一年没吃海鲜了,还有什么,我现在过得这都是什么日子啊!

那就去唱吧。

妹妹在征求她男友的意见，她问他累不累，他说不累，去唱好了。

太好了，太好了——（这就是被爱的人在爱的人那里拥有力量的表现，他想到，仿佛不无妒意）——妹妹拍着手，我要唱侯献波的《和一个混蛋去埃及》，要是俏俏在就好了，我们就可以一起唱《自由》了。我们唱什么，《滚滚红尘》，《我悲伤地感到焕然一新》，我们有多长时间没唱这个了？她问她男友。

嗯。后者带着宽宏和掩饰后的平淡笑容看着他那像个孩子似的妹妹。

哥哥，你们肯定会有很多共同语言的，你们唱的歌都差不多的，你们也要合唱，我好想看你们合唱哦。

被她愉快的心情所感染，他们都含笑听着她说，他们是她包容的听众，她也只会在他们两个面前这样流露性情，而在他们之间却很少有交流，他们不必也无意交流什么，是她将他们联系在了一起，只要有她在就可以了。当后来妹妹去外面找厕所时，他就需要找些话来说（他是地主有这个责任），并盼望着妹妹快点回来。

他问妹妹的男友以前来过吗。这是个合适的问题，他刻意避免触及令对方尴尬包括可能会影射到妹妹和他的感情的事。

后者说没来过，听说过，他有个大学同学也是这边人。

嗯，以后来你们也可以坐高速，高速经过大海，一路上正好看看大海。

哦 ——

还没有"哦"完也许接下来还有话说，有人推门进来，他们一起看往门的方向，门被打开了一条缝，通过他的动作你会有个感觉他不想把门打得太开，这不是没有原因的，他的身体不足以填满这缝隙，留出了空间，看得到雪花正飘落其间。下雪了！进来的人（一共三个，一个接着一个）他们带来了屋外的寒气，他们在门背后跺着脚，用手掸落肩头的雪花。

上海这两天冷吗，温度应该也差不多。

差不多的，下午我们出来时也说要下雪。

两年前我去过上海。他这似乎是在喃喃自语。他本来接着要说的是他不喜欢这个城市，但没必要对眼前的人谈起这个，并且，若深究起来，所有的城市对他来说都是一样，他便又明确地抛过去一个问题。

小挺现在工作的地方是在上海哪个区？

他确实不清楚。话一出口他又觉得对方可能会认为他明明知道他这是没话找话，便又补充了一句：小挺说是在世博园附近。

在黄浦区，就在世博园的里面，哥哥你下次来。

我是要去一趟，小挺去上海工作后我还没去过。

嗯，那应该来一下。

从汽车后视镜里看到的一切很特别。镜幅框定了视野，视野有限单一但却有种不一样、新鲜的效果，仿佛人眼在通过摄像镜头观看，往后看应该也有关系 —— 在狭长的后视镜里，物体仿佛经过了剪裁安排，并非恰巧进入其中，而是一切都是有意为之，如同一帧帧瞬时截取的电影画面，整个画面稍稍向两边拉长，并且，起伏退远，不断移现，使得它们具备了一种绵延之感。这是他一直以来的一个感受。

而在这大雪纷飞的时刻，呈现在后视镜里的以及在他目光的前方左方右方：车窗外——都是密密的雪，或慢或快划过或是因红灯、堵车停了下来而定格的人车房屋树木各种颜色的光则被织入其中（当车速由快转慢时，这织入物就清晰起来，逐渐成形，反之，就模糊，有时就只剩下了一种色调）。大雪笼罩了一切。人们在雪中疾走缓行，并不因它增加了行路的难度而愤懑，人们甚至还挺开心的，大家也许早就在期待着它了，如今这期待终于得到了落实。在一个红灯前，他停住车。妹妹问他这是什么地方，她怎么一点印象也没有呢。他告诉她具体的路名以及前方不远处的一幢由来已久的著名建筑物（但是在车子里看不到它），她向两边看了又看，终于恍然大悟地说：哦，原来是这里啊！

她告诉男友，小时候这里再过去就是稻田了，看看现在多热闹啊。她男友说她这样说话就像是个老人。她从鼻孔里"哼"了一声。当经过一座石桥，她说她以前经常来这座桥上玩的，她高中读的学校就在附近，"呐，那里，那里，你看到没有？"

后者说看到了,是不是有个理发店的地方,妹妹打了个响指,满意地说对。车子沿河开着,河面上大雪飘飘。妹妹说河水那个时候还很清澈,她以前还在这条河里游过泳,不过,她已经很长时间没游泳了,不知道现在还会不会游。应该会的,一开始可能会慌乱,只要度过了最初的危险期(可能要呛几口水,说不定就这么淹死了),以前的反应就会出来。她的男友轻声分析道。

那在我呛水的时候你救还是不救?

他没回答她。他大概不好意思,不管他说什么,都会使他们在她哥哥面前显得亲昵。

他把车载音乐打开。妹妹没有进一步取闹,她大概是被歌声吸引了。

这是谁啊,我好像听你也唱过。妹妹在问他的男友。

我会唱的。男友说。

你会救我的,我知道。过了一会,仿佛她这才又想起,她自己给出了答案。他的目光从后视镜里扫过,看到妹妹正依偎着她的男友,后者摸了摸她的头。

其实他也有很长时间没去KTV唱歌了。倒不是说他不喜欢唱歌,这无所谓喜欢不喜欢,关键是和谁去唱。他一个人肯定是不会去KTV的,Green和他在一起时,他跟她的朋友来唱过几回,此外当偶尔有朋友远道来访,他也会带他们去唱个歌,而在这个城市里他只有一个称得上是朋友的,但几乎没有联系,以前经常在一起时,好像也没唱过……当他带着妹妹和她的男友穿过"野餐"量贩店的大厅走向一角的电梯时,他回想着他和他的这个朋友有没有去KTV唱过歌,十四五年前KTV可能还没有在这小城里落地生根,后来它们火了起来,那时他已经离开了原来的单位,离开了他的这个同事。在这之后,前年,一个偶然的机会,他见到了他,欣慰地发觉他们的友谊仍在,因为经过了时间的考验彼此仍然欣赏感觉更加的难能可贵,只是后来也还是没怎么联系。一次,朋友的妻子托他给小孩找个钢琴教师,他物色了一个,带母女俩去了老师家,后者热情地接待了他们,收下了小孩,做母亲的非常感谢,临走时表示要叫她丈夫给他打个电话好好谢谢,他笑笑,和母女俩道了别,凭他对他这个朋友的了解也是出于对他们的那种友谊的信任,他知道他这个朋友是不会特意打这个电话的,事实正是这样。不知道他那小孩还在不在那里学习?

  出了电梯,他径直来到前台,问服务员要了个小包厢,服务员问他包场还是计时,他要了计时这种,而后他带他们去找了包厢。这一切做起来他都不费思量,之前他来过这家KTV几次,好像都和Green有关,不是有她在,就是正是她带他来的。显然,她已经在他的生活中留下了印记。确实,那是不可能不留下的。

  唱歌喽。妹妹雀跃着扑向了包厢里点歌的电脑。

  和妹妹的男友在沙发上坐下,他问后者喝点什么,现在酒喝点？妹妹的男友说还是喝茶吧，来杯菊花茶。他问妹妹要什么，妹妹说等一下，等一下，侯献波，侯献波，这里好好哦，侯献波有的。

什么，她问她哥哥，哦，也菊花茶。

三杯菊花茶，先就这样，来一碟瓜子。

服务员出了门去。妹妹已经点好了歌，侯献波的《和一个混蛋去埃及》，伴奏音乐响起。这是妹妹不久前才听到的歌。我好喜欢，她又说。她抓起话筒，开唱。他们听着。他听过侯献波的歌，妹妹的声音唱侯献波的歌很对路（这不仅是个技术上尽其所长的问题，还有声音传递出来的那种感觉——当他有一次那也是他第一次听到这个歌手的歌时，他有这样一个感受，他觉得妹妹可能会非常喜欢，他记得他本来是想告诉妹妹一下的，后来估计是忘了），两人声音很相像，也就是说妹妹找到了声音气质和她同类的那个歌手。这也不是件容易的事，虽然你不太会因为找不到适合你唱的而处心积虑，更有可能想都不会想到这种问题，你这个唱唱那个唱唱，然后有一天无意中听到了某个歌手的歌，从那以后，你就热衷于唱这个人的歌，毫无疑问你唱这个人的歌唱得最好，这一切貌似自然而然、不费功夫，但正是在这自然而然中包含着一种缘分那样的东西。

和一个混蛋去埃及
不是因为埃及的金字塔

以及尼罗河
更不是为了培养
和一个混蛋的感情
只是因为
那好过
和一个心爱的人厮守一辈子

一曲唱罢，妹妹回到了电脑桌前，她回过头来颇有些难为情地问哥哥唱得怎么样。他把上次就想告诉她的情况说了说，他认为她唱侯献波仅次于侯献波，"呵呵"。哥哥，你怎么就没告诉我呢，我好喜欢侯献波的。你自己发现了不是更好吗。他说。

这时，熟悉的旋律响起，还有画面。此前已经起身的妹妹把两只话筒都拿在手里，分别递给了他和她男友，"快快快，哥哥你先唱。"

他多少有些猝不及防，当他拿过话筒，旋律已经来到了人声字幕之前的提示部分，不过很快他就进入了歌中的那种情境，他唱了起来。显然，由于妹妹的男友在场并且又是合唱对象，他是很想把它唱好的，但他凭经验得知如果他太想唱好，就容易刻意，若对此矫枉过正，则会显得有气无力随后便有可能破罐子破摔（这对妹妹的男友也是不尊重），必须要把握好之间的度，完全是凭着感觉的，并且是在消除了瞬时划过脑海的"没必要太过认真，这不过是在唱卡拉OK"这样一种他认为是不应该的想法之后，当即他就找到了准确的也是一贯的方式。

　　声音也经过了时间的锤炼，拥有了岁月沉淀后的质地。几年前他唱过这个歌，他已经忘了那一次的感觉，这一次无疑相当好。声音正处于它最好的阶段，它曾经是稚嫩的，稚嫩、浮浅，而后它可能有些自以为是也许还声嘶力竭，随后它又不无浑浊、芜杂，但这些总算都过去了，现在它平静、清明（能够来到这一阶段，简直是个奇迹），却又绝非苍白乏力，而是尖锐转化为了深沉，平常而不是平实——他注意到妹妹和她的男友正安静地听着。他们被他的歌声带动了，就像他自己也是如此。过去的一些事情在歌声中闪过他的脑海。它们转瞬即逝或是一再萦回；顿时涌现，重叠堆砌，有时也一个接着一个，分明如在眼前……那是有一年他的那个朋友开着摩托车带着他，他们一起大声地唱着歌，经过一个叫作回龙的村庄。他记得那次他们差点和一辆正从厂子里倒出来的货车相撞，不过，有惊无险。但他已经彻底忘了那会他们唱的歌了。那时他还是一个学生，他感到冷，夜里起了风，下了火车后，他在街上走，他要去一个亲戚家投宿，风卷起地上的梧桐树叶，临近冬天，他还穿着夏天的破旧跑鞋，他没有一双保暖的鞋子，他有些可怜自己，路很长，他一脚一脚地走着，听得到自己脚步声的回声，很快他就感到脚上热了起来，从此他就放开步子，他大踏步向前行进，坐车造成的倦怠已然扫除一空，扑面而来的劲风吹得他的脸也热乎乎的，他第一次体会到了行走的乐趣，也敢于用歌声打破四下寂静、昏暗的氛围,那年头在这一钟点街上没什么行人也没什么车子,也没多少灯光,他越唱越响,他大声唱着。他那一大段就快要被他唱完了,他不免有些意犹未尽,怕对方破坏了这种业已由他形成的气氛,但愿由他来从头到尾唱完这个歌。

你了。妹妹对她的男友说。

以前有一次,他曾和 KTV 一个领班的朋友合唱过一曲,感觉非常之好,这种好的感觉至今还记忆残存,无论在这之前还是之后他都没有和另外一个人有过这样的合作,但是今天,他发觉妹妹的男友唱得如此之好,不会比他逊色,在技术上应该还稍胜一筹,当然,他觉得的好不是技术上的好,如果只让人觉得技术好,无非是炫技、模仿得像,重要的是唱出自己的本色,一首歌就是一首歌,但是唱它的人不同,效果就不一样,这就取决于唱它的人处在一个怎样的区域,一个人唱歌和他做其他的事绝对地有着相通之处……

于是来到了他们合唱的部分,他们一同唱着,他的声音沉一点,他的声音亮一点,两股声音有所区别,交织在一起,融汇于歌中的那个情境。双方的目光平行地看着屏幕,一种一起在完成一个东西的惺惺相惜之感随着合唱滋生蔓延,正因此须避免目光的碰接。不过,当歌唱结束,他们终于还是不约而同地看了对方一眼,朦胧中,他看到对方好像还点了下头。

妹妹连声赞叹,说这是她听过的两个男人最棒的合唱,由于他们唱得太好了，今晚她不会让他们再一起合唱。他们随她去说。妹妹又回到了电脑桌前，她点了一个男女合唱的歌，和她男友唱了起来。似乎大部分的歌都是情歌。他斜靠在沙发上。外面在下雪，不知道 Green 这会在干什么？从口袋里他拿到他的手机，但那就是一个念头：给她发个短信，叫她过来唱歌还是只是问候她一下？也许号码也已经换了。他把它又放回了原处，目光投向屏幕上缠绵悱恻的一对男女，在妹妹和她男友深情款款（仿佛这歌是为他们而作，句句都和他们的处境暗合）的歌声中。

图书在版编目（CIP）数据

走：Green 和张早故事集 / 司屠著 . -- 北京：北京联合出版公司, 2018.7
ISBN 978-7-5596-2083-5

Ⅰ. ①走… Ⅱ. ①司… Ⅲ. ①长篇小说—中国—当代 Ⅳ. ① I247.5

中国版本图书馆 CIP 数据核字 (2018) 第 094577 号

本书版权归属于银杏树下（北京）图书有限责任公司。

走：Green 和张早故事集

著　　者：司　屠
选题策划：后浪出版公司
出版统筹：吴兴元
编辑统筹：梅天明
责任编辑：夏应鹏
特约编辑：朱　岳
营销推广：ONEBOOK
装帧制造：墨白空间·韩　凝

北京联合出版公司出版
（北京市西城区德外大街 83 号楼 9 层　100088）
天津翔远印刷有限公司印刷　新华书店经销
字数 130 千字　889 毫米 × 1194 毫米　1/32　7 印张
2018 年 10 月第 1 版　2018 年 10 月第 1 次印刷
ISBN 978-7-5596-2083-5
定价：36.00 元

后浪出版咨询(北京)有限责任公司 常年法律顾问：北京大成律师事务所
周天晖 copyright@hinabook.com

未经许可，不得以任何方式复制或抄袭本书部分或全部内容
版权所有，侵权必究

本书若有质量问题，请与本公司图书销售中心联系调换。电话：010-64010019